삶이 나를 안아주던 순간

– 한 뼘 성장 노트, 우리 이야기

삶이 나를 안아주던 순간
-한 뼘 성장 노트, 우리 이야기

발 행 일 2026.02.20.

지 은 이 강수정, 김성미, 김여정, 김연아, 김영희,
         김주연, 김진설, 라지은, 방경선, 최애순
지　　도 김미옥

발 행 처 도서출판 생각나눔
발 행 인 이기성
기획편집 이서은, 최인용, 권희연
표지디자인 이서은
책임마케팅 이수영, 김정훈
출판등록 제 2018-000288호
편집지원 도서출판 생각나눔

· 책값은 표지 뒷면에 표기되어 있습니다.
  ISBN 979-11-7048-982-5 (03810)

강수정 김성미 김여정 김연아 김영희 김주연 김진설 라지은 방경선 최애순 지음

삶이 나를 안아주던 순간

— 한 뼘 성장 노트, 우리 이야기

지도 김미옥

과거를 돌아보GO

현재를 알아채GO

미래를 그려보GO

들어가는 말

삶은 생각보다 단단하고 여립니다. 마치 대장장이가 하나의 도구를 만들기 위해 뜨거운 불과 차가운 물을 오가며 쇠를 단련시키듯, 우리의 삶 역시 그러한 과정을 거쳐 옵니다. 뒤돌아보면 어느 때는 삶에 냉기가 돌아 으슬으슬 한기가 스며들었고, 또 어느 때는 삶이 너무 뜨거워 숨이 막히는 순간들을 지나오기도 했습니다. 중년의 우리는 그렇게 삶을 살아냈습니다. 그 삶의 과정을 기록으로 남기는 일은 지금의 삶과 이어져 있기에 더욱 뜻깊습니다.

중장년 인문학 프로그램인 한 뼘 성장 노트는 삶을 크게 바꾸라고 말하지 않았습니다. 그 대신 삶을 바라보고, 통찰의 질문을 건네며, 습관처럼 글로 남기기를 제안했습니다. 짧은 문장이어도 괜찮습니다. 자기 삶에 축적된 경험을 꺼내어 바라보고, 그때는 왜 그랬는지 묻고, 지금은 괜찮다고, 충분하다고 믿으며 글로 표현하도록 했을 뿐입니다. 기록은 그렇게 시작됩니다.

　이 책에 담긴 글들은 열 명의 저자가 각자 자기 삶을 안아본 기록입니다. 가족과 벗, 일과 자산, 배움과 건강, 사회공헌, 그리고 인생 1막과 2막의 경계에서 자기 언어로 삶을 불러낸 흔적들입니다. 문장을 보여주기 위한 글은 아닙니다. 봄과 여름의 기억을 펼쳐 보이며, 그 안에서 삶의 본질을 더듬어 미래의 삶으로 이어가려는 내면의 여정이 담겨 있습니다.

　이 책을 펼친 당신도 지금의 삶을 안아주길 바랍니다. 삶이 너무 평범해서, 혹은 버거워서 쓸 말이 없다고 느껴져도 괜찮습니다. 글을 써낼 확신이 없어도 괜찮습니다. 자기 삶을 한 문장만이라도 기록할 수 있다면 그것으로 충분합니다. 그 문장은 지금의 당신이며, 한 뼘 성장의 시작이기 때문입니다. 이 책의 페이지를 넘기며 저자의 삶과 당신의 삶을 함께 바라보는 계기가 되었으면 합니다.

가을을 덤덤하게 받아들이며

한 뼘 성장 플래너 김미옥

차 례

1. 가족 이야기

"가정은 사랑이 연습 되는 첫 번째 학교다."

에리히 프롬

단 하나의 사랑

강수정

최근에 잠들어 있는 남편의 얼굴을 바라보며, 까맣게 그을린 피부와 깊게 팬 주름 속에서 한평생 가족을 위해 살아온 시간의 무게를 느꼈다. 그 얼굴에는 세월이 새긴 고단함과 함께, 가족을 지켜낸 우직함이 묻어 있었다.

남편은 여름의 뜨거운 햇볕 아래에서 일했고, 매서운 겨울바람 속에서도 높은 전신주를 오르내리며 위험한 일을 마다하지 않았다. 책상에 앉아 일하는 여유도 없이 늘 서서 일하며 가족을 지켜왔다. 나는 그런 남편의 모습을 부끄러워했다. 까만 얼굴이, 왜소해지는 몸이, 늘 똑같은 작업복 차림이 창피했다.

남편은 일터에서 돌아오면 다리 근육이 뭉쳐 쥐가 나 소리를 지르곤 했다. 그럼에도 그는 단 한 번도 내 꿈을 반대한 적이 없다. 언제나 "우리 안사람은….''이라며 나를 자랑했고, 나의 모든 일을 응원해 주었다. 그런 남편의 사랑 속에서 나는 언제나 최고였다. 하지만 나는 그 사랑을 당연하게 여기며, 그의 고단한 삶을 제대로 바라보지 못했다.

이제는 그의 까만 얼굴이 흑진주처럼, 낡은 작업복이 멋진 턱시도처럼 보인다. 너무 가까이 있어서 보지 못한 그의 소중함을 안다. 내가 그를 생각하는 마음이 창피함이 아닌 나의 소심한 부끄러움이었음을 이제야 고백한다. 오늘은 남편이 좋아하는 불고기를 정성껏 준비하며 이렇게 말해주려 한다.

"여보, 사랑합니다. 그리고 고맙습니다. 당신이 있어 행복합니다."

Q. 가족이 내게 준 인생 선물은 무엇인가?

엄마는 늘 내 편

김성미

나에게 오랜만에 금쪽같은 휴일이 찾아왔다. 밀려 있던 집안일을 하나씩 해치우며 작은 성취감으로 흐뭇해할 때, 창밖의 파란 하늘과 하얀 구름이 눈에 들어왔다. 그 순간, 어린 시절 여름날 마루에 누워 엄마와 함께 바라보던 하늘이 떠올랐다. 그때의 여유, 바람의 냄새, 평화로운 소리까지도 생생히 되살아났다. 지금의 나는 쉰이 넘었고, 그 시절의 엄마는 이제 아흔을 바라본다. 세월은 흘렀지만, 그 하늘 아래의 엄마는 여전히 내 마음 한가운데 있다.

여름이면 토란이 듬뿍 들어간 장어탕, 문어 보양식, 엄마표 열

무김치를 만들어 주시던 엄마. 이제는 힘이 없어 아무것도 해줄 수 없지만, 이상하게도 내 마음이 지칠 때면 엄마 생각이 먼저 난다. 친정에 갈 때마다 시어머니가 챙겨주신 김치며 반찬을 아껴서 가져갔다. 엄마는 그걸 또 이웃과 나누었다. 속상하면서도, 그런 엄마의 환한 얼굴을 보면 나도 마음이 따뜻해졌다.

어느 날, 엄마는 장판 밑을 뒤적거리시더니 비닐봉지에 고무줄로 묶인 통장을 꺼내 내게 건네셨다. "혹시 무슨 일 생기면 김치냉장고 밑이나 장판 밑을 봐라." 힘없는 손으로 지폐를 한 장 한 장 세어 내 손에 쥐여주셨다. 백만 원이었다. "아니야, 엄마…" 하며 손사래를 쳤지만, 꾹 참았던 눈물이 터졌다. 내 경제적 어려움을 직감하신 것이다. 엄마는 딸이 힘들다는 걸 알고 어렵게 모은 백만 원을 내게 주셨다.

엄마는 친정에 다녀가는 딸이 보이지 않을 때까지 손을 흔들어 주셨다. 어느 날 친정집에 다녀왔을 때, 엄마에게서 전화가 왔다. "집에 잘 갔느냐, 왜 울었어?"라고 묻던 엄마의 목소리는 이미 내 마음의 무게를 알고 계셨다. 나는 한때 엄마의 고단함을 외면했던 딸이었다. 아픈 몸으로도 나를 깨우며 "막내야, 아침밥 좀 안쳐라." 하시던 엄마의 가느다란 목소리를 외면한 채, 깨어 있는 걸 들킬까 봐 숨을 죽였던 어린 날의 나. 그 기억은 나이를 먹으면서 더 또렷해진다.

엄마는 존재만으로도 내 삶을 지탱해 주는 가장 큰 힘이다. 엄마는 어릴 때도, 지금도 내 편이다. 또 앞으로도 언제나 늘 내 편일 것이다. 나도 어느새 엄마처럼 되었고, 그때의 엄마 마음을 이제야 조금 알 듯하다. 그런 엄마의 마음은 지금도 내 안에서 따뜻한 온기로 살아 숨 쉬고 있다.

"

Q. 당신에게 '늘 내 편'인 사람은 누구인가요?

"

일흔에 처음 입은 청바지

김여정

친정엄마의 인생은 순종과 헌신이었다. 1955년생, 엄마는 열아홉의 나이에 아버지에게 시집을 왔다. 엄마는 시어머니, 시동생들과 한집에 살며, 삶을 견뎌냈다. 어린 나이에 결혼해 두 남매를 낳았다. 아빠는 내가 돌을 막 지났을 때 먼 타국 리비아와 수단으로 일을 나가셨다. 엄마는 남편 없는 집에서도 고모와 삼촌, 시가의 식구들 뒷바라지를 하며 그저 묵묵히 살아내셨다. 엄마는 언제나 순종형의 사람이었다. 늘 자신보다 남을 먼저 생각하고, 자신의 마음은 접어두셨다. 명절날에도 친정에 가지 못하고, 그리움과 체념이 섞인 마음으로 그저 '괜찮다.' 하며 평생을 살아오셨다.

어느 가을 새벽, 엄마는 우유 배달을 하다가 뺑소니 사고를 당하셨고, 그날 이후 10번이 넘는 대수술로 3년의 병원 생활이 이어졌다. 엄마는 전신을 다쳐 장애 1급 판정을 받았음에도 불구하고, 신앙의 힘으로 모든 아픔을 견디셨다. 그리고 여전히 웃으셨다. 두 남매를 시집, 장가보내고, 오빠의 두 아들과 나의 세 딸을 품어 키우셨다, 한 번의 짜증도, 원망의 말도 없이. 시어머니와 손자들을 보살폈다. 내 기억에 엄마는 잠옷을 입고 주무신 적이 한 번도 없었다. 늘 외출복을 입고 잠드셨고, 그대로 일어나 새벽 기도를 가셨다.

3년 전, 온 가족이 함께 복고풍 사진을 찍었다. 엄마는 평소 같으면 절대 참여하지 않으셨을 텐데, 그날만큼은 뽀글머리 가발을 쓰고, 총총한 무늬의 옷을 입고, 아이처럼 웃으셨다. 촬영을 마친 뒤 엄마가 내게 조용히 말씀하셨다. "나는 평생 청바지 처음 입어 봤어." "왜요?"라고 묻자, 엄마는 "청바지 입으면 큰일 나는 줄 알고 살았지."라고 짧은 한마디를 말씀하셨다. 그 말속에는 엄마의 억눌린 세월과 무디게 견딘 시간이 고스란히 담겨 있었다.

이제 엄마는 일흔 살이 되셨다. 아빠는 종종 이렇게 말씀하신다. "너는 엄마 따라가려면 새 발의 피야. 맨발로 부지런히 쫓아가도 못 따라가." 그 말이 때로는 위로처럼, 때로는 다짐처럼 내 마음속에 오래 남는다. 나는 지금 세 딸의 엄마로 하루하루 바쁜

시간을 보낸다. 엄마의 인생에 비하면 내 삶의 고단함은 작은 나
뭇잎일 것이다. 이제라도 엄마가 해보지 못한 일들을 하나씩 함
께 하려 한다.

"엄마, 당신의 삶은 참 아름다웠어요. 엄마를 정말 사랑해요."

**Q. "당신이 아직
입어보지 못한 '청바지'는 무엇인가요?"**

따뜻한 뿌리

방경선

가족은 나의 뿌리이며, 세월이 흘러도 변하지 않는 삶의 근원이다. 나이가 들어갈수록 그 뿌리의 소중함을 더 깊이 느끼게 된다. 돌이켜보면 나는 부모님께서 주신 사랑과 신앙 안에서 걱정 없이 세상을 편안하게 살아왔다. 그렇다고 해서 지금의 삶이 부유한 건 아니지만, 신께서 주신 감사로 하루를 채워왔고, 그 덕분에 지금까지 흔들림 없이 살아올 수 있었다.

어릴 적 부모님은 언제나 성실하고 따뜻한 분들이셨다. 아버지는 건설업을 하시며 묵묵히 가족을 책임지셨고, 어머니는 교회에서 가족의 안녕을 위해 늘 기도하셨다. 나는 큰언니와 18살 차이가 난다. 막내였던 나는 언제나 부모님의 곁에서 끝없는 사랑으로 자랐다. 언니들이 결혼하여 집에 다녀갈 때마다 허전함과 쓸쓸함이 밀려왔고, 지금도 그 뒷모습이 눈에 선하다. 아버지가 천국에 가신 지 33년, 어머니가 떠나신 지 10년이 되었다. 시간이 갈수록 그리움은 점점 짙어진다. 이제야 부모님의 깊은 마음을 헤아리게 되었다.

　난 여전히 꿈이 있고 예뻐지고 싶으며, 하고 싶은 것도 많다. 내 부모님도 이런 마음이었겠지 싶어 짠해진다. 난 지금 친정아버지처럼 자신보다 가족을 먼저 생각하며, 앞만 보고 달려온 남편의 모습을 보고 있다. 본인보다 항상 가족을 먼저 챙기는 남편이 고맙다. 사고 싶은 물건이 있어도 아이들이 사달라는 물건을 먼저 사주고, 본인이 먹고 싶은 것보다, 아내와 자식이 좋아하는 음식을 먼저 챙겨주는 남편이다. 나에게는 하고 싶은 것, 사고 싶은 것 다 하라면서 정작 남편은 신발을 밑창만 여러 차례 갈아 신고, 새 차를 사더라도 나에게 주고 본인은 타던 차를 탄다.

　세월이 흘러도 가족의 사랑은 변하지 않는다. 친정아버지와 남편의 특별한 사랑이 나를 존재하게 했듯이, 아이들도 우리 부부의 사랑 안에서 따뜻하게 살아가기를, 감사와 사랑이 가득한 인생을 살기를 매일 기도한다.

**Q. 부모님이 준 사랑과 희생은
당신 삶에서 어떤 방식으로 이어지고 있나요?**

2. 배움 이야기

"배움은 마음이 지치지 않는 유일한 일이다."

레오나르도 다 빈치

배움은 목마름에서

김성미

  배움은 사람을 성장하게 한다. 특히 나이가 들수록 단순한 지식이 아니라, 삶을 다시 움직이게 하는 원동력이다. 배움은 한 사람의 내면을 단단하게 하고, 열등감이나 한계를 느끼는 순간에도 다시 일어설 힘을 준다.

젊을 때의 배움은 목마름에서 시작되고, 나이가 들수록 배움은 나누기 위한 삶의 방식으로 변화한다. 배움은 혼자가 아닌 가족과 함께 살아가는 과정에서 더 깊고 넓어지고, 결국 인생 2막을 준비하게 하는 중요한 길잡이가 된다.

20대 시절, 나는 나 자신이 초라하게 느껴질 때일수록 배움에
더 매달렸다. 그 목마름이 나를 성실히 살게 했다. 결혼과 출산,
직장생활이 겹쳤던 시절에도 배움은 멈추지 않았다. 그때의 배움
은 부양해야 할 가족이 있었기 때문에 더 큰 노력과 누군가의 희
생이 필요했다. 막내아들이 네 살이던 어느 날, 나는 논문을 마
무리하느라 컴퓨터 앞에서 새벽까지 작업했다. "엄마 졸려…. 언
제 끝나?" 하고 나를 찾던 아이를 뒤로한 채, 논문 쓰는 일에만
집 집중했다. 새벽 두 시가 되어서야 뒤돌아보았는데, 아이는 차
가운 바닥 위에서 웅크린 채 잠들어 있었다. 그 모습은 여전히
내 마음에 미안함으로 남아 있다. 세 아들을 키우며 직장과 공부
를 병행했던 그 시절은 어렵고 힘들었지만, 그 시간을 잘 견디고
보내도록 배려한 가족에게 감사하며, 끝까지 배움을 포기하지 않
은 나도 칭찬한다.

배움은 나만을 위한 것이 아니다. 진짜 배움은 나누어질 때 완
성되는 것이며, 내 배움은 결국 누군가에게 힘이 되고 길이 되어
야 의미가 있다. 누구나 자신의 속도와 방식으로 배울 수 있다.
그러니 지금의 배움이 어떤 것이든, 그것을 쌓아두지 말고 누군
가와 함께 나누며 더 깊은 배움의 길로 나아가기를 바란다.

Q. 지금 나는 누구와 어떻게 배움을 나누고 있는가?

지금의 나를 있게 한 배움

김주연

여성농업인센터 : 비폭력대화 모임

비폭력대화란 사전적 의미로 말하면 폭력을 행사하지 않고 평화적으로 마주하며 소통하는 방식이다. 한마디로, 가슴에서 우러나는 진심을 주고받는 대화라 할 수 있다. 비폭력 대화 프로세스는 총 4개이다. 이는 상대방 행동을 관찰하고, 느낀 정도를 내가 가진 욕구와 연결하여, 구체적으로 표현하고, 상대방에게 이해를 구하는 것이다.

나의 배움 여정에는 비폭력대화가 있다. 비폭력대화(NVC)를 알게 되면서, 기죽어 있던 나를 회복할 수 있었다. 나는 오랫동안 딸, 아내, 엄마의 역할에 충실해서 정작 '나'라는 존재는 늘 뒤편으로 미뤄둔 채, 타인을 먼저 챙기는 것이 당연하다고 여겼다. 그러다 보니 내 감정은 표현하지 못하고, 내 욕구는 늘 움츠러들어 있었다. 그런 나를 비폭력대화가 다시 일으켜 세웠다. 처음 그 배움을 만난 건, 나를 늘 잔잔한 마음으로 챙기던 은영 언니 덕분이었다. "주연아, 너랑 잘 맞을 것 같아. 한번 와 봐." 그 말에 이끌려 찾은 곳은 서천군 여성농업인센터였다. 몇 평 되지 않은 작은 강의실에서 사람들은 둥글게 모여 앉아 서로의 이야기에 귀 기울였고, 조심스럽게 오고 가는 말들이 따뜻했던 처음의 경험이 오래 남아 있다. 그 자리에서 나는 처음으로 누군가의 이야기를 '평가 없이 듣는 경험'을 했고, 내 감정을 '말해도 되는 공간'이 있다는 사실에 놀라웠다.

비폭력대화는 단순한 대화 기술이 아니다. 그것은 나를 중심에 놓고 살아가는 삶의 태도이며, 나와 세상 사이에 따뜻한 다리를 놓는 방식이다. 이 배움은 내 가족과의 관계도 한층 부드럽고 따뜻하게 바꾸어 주었다. 예전처럼 자신을 혹사하며 살아가는 대신, 이제는 나를 사랑하고 돌보는 삶을 선택하게 되었다. 그 덕분에 가족을 향한 마음도 더 단단해졌으며 깊어졌다.

지금, 나는 또 하나의 꿈을 품고 있다. 이 배움이 내 삶에서 싹을 틔웠듯, 서천의 사람들과도 함께 나누어 꽃피우고 싶은 꿈이다. '서천 NVC 센터'를 만들어 누구나 마음을 쉬어갈 수 있는 공간, 서로의 이야기를 들으며 평화를 배우는 공간을 만드는 것이다. 그곳에서 사람들은 나처럼 자신의 마음을 다시 만날 것이고, 서로의 삶이 따뜻하게 연결될 것이다. 나의 배움 여정은 결국 '나'라는 한 사람을 넘어, '우리'를 향한 길이 되었다. 오늘도 나는 그 길 위에서 더 깊이 나와 만나며, 내가 받은 평화가 또 다른 누군가에게 흘러가길 조용히 기도한다.

> ## Q. 나를 중심에 두는 삶의 태도란 무엇인가?

내 인생 최고의 순간

라지은

    "엄마, 나 어학연수 가고 싶어요. 미국은 좀 무섭고, 호주가 좋을 것 같아요. 알아보니 시드니 근처에 '맨리(Manly)'라는 관광지가 있대요. 아직 한국 학생들에게 잘 알려지지 않았고, 조용하고 안전해서 어학 연수하기에 좋다고 해요. 허락해 주시면 좋겠어요." 밀레니엄—마치 없던 세상이 새롭게 열리는 듯, 곳곳에서 그 시작을 축하하고 기대감이 넘쳐나던 해. 나는 서른이 되었다.

  20대의 나는 하고 싶은 것도, 욕심도 없었다. 그저 또래 친구들과 어울리고 연애하며 웃던 평범한 시절이었다. 하지만 서른이 되던 해, 문득 나의 20대가 허무하게 느껴졌고 '이대로는 안 되겠다'라는 막연한 생각이 나를 사로잡았다. 그렇게 결심하게 된 새로운 여정이 바로 어학연수였다.

한국을 떠나기 전, 나는 다짐했다. "가능하면 한국 학생들과 어울리지 말자." 서른 살의 늦은 어학연수를 결심한 이유를 잊지 않기 위한 다짐이었다. 그렇게 두렵지만 설레는 타국 생활이 시작되었다.

'맨리(Manly)'는 시드니항에서 페리호로 약 30분쯤 달리면 만나는 해변 도시다. 내가 다닌 학교는 바다를 바로 앞에 두고 있었고, 가끔은 돌고래 무리가 나타나 장관을 이루곤 했다. 바람이 좋은 날이면 높은 파도 위에서 서핑을 즐기는 사람들이 활기차고 아름다운 곳이었다. 그런 곳에서 나는 생각보다 빠르게 적응했고, 그 어느 때보다 열심히 공부했다. 계획했던 5개월의 어학 과정을 마치고 배낭을 메었다. 책상 앞에서 하는 공부도 좋았지만, 직접 부딪히며 배우고 싶었다. 그러나 5개월의 짧은 공부로는 여행지에서 만난 사람들과 자유롭게 대화하기 어려웠다. 기대와는 달리 외롭고 고된 배낭여행이었고, '이대로는 한국으로 돌아갈 수 없어'라는 생각이 더욱 확고해졌다.

결국 6개월로 계획했던 연수는 1년 8개월로 늘어났다. 처음의 6개월이 '혼자 된 나'를 온전히 세우는 시간이었다면, 그 이후의 시간은 모든 것이 성장으로 이어진 시기였다. 내 생애 그 어느 때보다 최선을 다해 공부했고, 모든 일에 열정을 쏟았다. 나는 스스로 선택했고, 계획했으며, 실행했다. 자유로웠고, 내 삶의 주인은 온전히 나였다.

호주에서 보낸 1년 8개월은 내 인생 최고 시간이었다. 그런데 최근 독서 모임으로, 그 성장이 단순히 시간의 결과가 아니었다는 사실을 깨달았다. 온전히 내가 만들어가는 삶. 외부의 압력이나 환경에 흔들리지 않고, 스스로 결정하고 실행하는 삶. 그 결과로 오는 희열과 행복을 온전히 맛보며, 때로는 실패와 좌절을 받아들이고 책임질 수 있는 삶. 그것이 진정한 '자유'였다. 나는 서른 살에 처음으로 '자유로운 나'를 만나게 되었다.

이후 한국에 돌아와 박사 과정을 마쳤고, 어학연수의 경험 덕분에 군산시청 통역사이자 해외업무 담당으로 근무할 수 있었다. 대학에서 학생들을 가르치며 또 다른 배움의 길을 열었다. 그 시기는 내 삶의 주체가 온전히 '나'로 자리 잡게 했다. 지금도 나는 배움을 멈추지 않는다. 다양한 분야의 책을 읽고, 피아노를 배우며, 시대의 흐름을 놓치지 않기 위해 AI 관련 채널에도 관심을 기울인다. 골프, 러닝, 등산처럼 몸으로 배우는 일도 게을리하지 않는다. 좋은 사람들을 만나 서로에게 배움이 되는 관계를 맺고, 함께 사회에 도움이 되는 활동도 넓혀가고 있다. 나는 50에도, 60에도, 그 이후에도 자유롭게 배우며 내 삶을 꿈꿀 것이다.

Q. 지금의 당인에게 새로운 '배움'은 무엇인가요?

삶을 바꾸는 힘

최애순

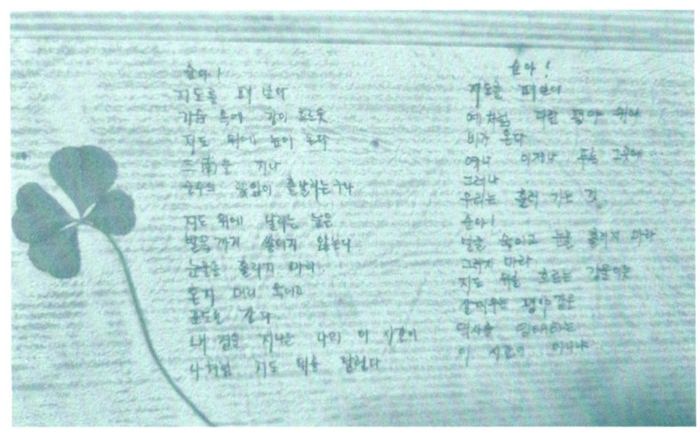

  인생은 끊임없는 배움의 여정이다. 성장은 우연히 이루어지지 않는다. 자신의 수고와 성찰이 더해질 때 비로소 진정한 변화가 일어난다. 나는 언제 어디서나 배우려는 마음으로 살아왔고, 그 길 위에서 내 인생의 단단한 뿌리를 키워왔다.

배움의 힘이 내 삶을 지탱한 이유는 분명하다. 배움은 삶의 방향을 제시하고, 불확실한 시대 속에서도 흔들리지 않는 기준을 세워준다. 어린 시절부터 나는 놀이 속에서도 배움의 의미를 발견했다. 고무줄놀이, 자치기, 구슬치기 같은 놀이는 단순한 유희가 아니라 협동과 집중, 인내를 배우는 시간이었음을 깨달았다.

초등학교 5학년 무렵, 전학을 온 친구와의 경쟁이 나를 자극했다. 그 아이의 부지런함을 보며 책과 씨름하기 시작했고, 공부의 기쁨을 알았다. 우등생이라는 이름보다 '성장하는 나'를 발견하는 일이 더 소중했다. 그러나 배움의 길은 언제나 평탄하지 않았다. 대학입시 실패는 내 인생의 전환점이었다. 좌절 속에서도 나는 다시 일어서기 위해 직장에 다니며 방송통신대를 졸업했고, 결혼 후에는 대학원에 진학해 농업환경학을 전공했다. 그 과정은 쉽지 않았지만, 농촌을 변화시키고자 하는 열망이 나를 이끌었다. 농촌 마을 살리기 사업에 참여하며 정책 현장을 누볐고, 충북대학교에서 박사학위를 취득한 뒤에는 농촌관광의 필요성을 학문적으로 제시했다. 강의실과 현장을 오가며 학생들과 연구하고, 정부 정책에 필요한 자료를 제공하면서 '지식이 삶을 바꾸는 힘'임을 실감했다.

이제 나의 배움은 '치유'라는 이름으로 이어지고 있다. 농촌의 생태와 인간의 건강은 깊이 연결되어 있으며, 나는 이 두 세계를 잇는 일을 나의 다음 배움으로 삼았다. 학교에서 배운 이론보다 현장에서 얻은 통찰이 더 큰 가르침이 되어 나를 이끄는 중이다. 배움은 나를 세우고, 세상을 잇는 다리였다. 더 알기 위해 배우고, 나누기 위해 연구하며, 함께 성장하기 위해 실천해 왔다. 내가 걸어갈 다음 배움의 길은 자연과 인간의 조화를 회복하는 일이다. 안전한 먹거리, 건강한 환경, 그리고 더불어 살아가는 공동

체를 위한 지식의 실천, 그것이 인생 후반부의 진정한 배움이라
믿는다.

"

Q. 당인은 누구의 영향을 받아 에상과 연결되고 있나요?

"

3. 직업 이야기

"훌륭한 일을 해내는 유일한 방법은,
당신이 하는 일을 사랑하는 것이다."

스티브 잡스

배움이 삶이 되는 길

김영희

   "사람은 자신이 걸어온 길만큼 성장한다." 돌아보면 내 인생의 길 위에는 여러 개의 이름이 있었다. 판매사원, 방문교사, 사회복지사, 그리고 지금의 전문 상담사까지. 이 다양한 직업의 경험은 단순한 '이력'이 아니라, 나를 성장시킨 살아 있는 배움의 기록이었다. 나는 직업을 바꾸며 성장했고, 그 성장의 본질은 '사람을 이해하는 법'을 배워나가는 여정이었다.

처음부터 원하는 길을 걸은 것은 아니었다. 어려운 가정 형편 때문에 학업을 잠시 멈추고 사회에 나섰지만, 일터에서의 경험 하나하나가 나를 단련시켰다. 직업은 단순히 '하는 일'이 아니라, 사람을 배우고 세상을 배우는 과정이었다. 그 속에서 나는 '성공'보다 '성장'을 택했고, 매 순간의 배움이 결국 나를 지금의 나로 만들었다.

판매사원으로 일하던 시절, 나는 사람의 마음을 얻는 법을 배웠다. 그 후 배움에 대한 갈증이 커져 야간대학에 진학했고, 낮에는 일하고 밤에는 공부하며 배움의 즐거움을 되찾았다. 결혼 후 아이를 키우며 청소년 교육학에 관심을 두게 되었고, 자연스럽게 '아이의 마음을 이해하고 싶다.'라는 마음이 나를 새로운 길로 이끌었다. 방문교사, 아동 지도사, 사회복지사로 일하며 나는 인생의 여러 장면에서 '사람을 이해하는 일'의 깊이를 배웠다.

그러던 중 상담이라는 영역을 만나면서 또 한 번 성장의 문이 열렸다. 전문 상담사로 일하면서 사람의 마음을 더 깊이 배우게 되었고, 누군가에게 작은 도움이라도 줄 수 있는 직업이라는 자부심이 생겼다. 상담사로서의 전문성을 갖추기 위해 대학원에서 상담심리학을 공부하며 꾸준히 나를 단련해 나갔다. 그 과정은 만만치 않았지만, 오히려 내 삶을 더 깊이 들여다보게 해주었다. 나를 이해하는 만큼 타인의 마음도 더 세심하게 헤아릴 수 있었고, 경청과 공감의 힘을 배웠다. 그 배움은 학생들의 자아실현을 돕는 길잡이가 되는 데 큰 기반이 되었다.

상담실에서 만났던 한 학생은 지금도 기억에 남는다. 학교생활에 적응하지 못하던 그는 상담을 통해 자신을 바라보고 성장할 힘을 찾아 반장이 되었고, 졸업식 날 장미꽃과 손 편지를 건넸다. 그 순간, 내가 걸어온 모든 길이 헛되지 않았음을 느꼈다. 그 인연은 지금도 이어지고 있으며, 그 경험은 상담사라는 직업이 얼마나 값지고 의미 있는 일인지를 다시 깨닫게 했다.

나는 다양한 직업을 거치며 사람을 이해하는 능력, 공감하는 마음을 배웠다. 모든 관계의 중심에는 소통이 있고, 그 소통이 사람을 변화시킨다. 상담사로서 학생들과 이야기할수록, 가정의 안정감과 부모의 사랑이 아이의 성장에 얼마나 큰 힘이 되는지를 절실히 느낀다. 그래서 앞으로 나는 내가 걸어온 경험과 배움을 바탕으로, 더 많은 사람들이 자신의 마음을 표현하고 서로를 이해하도록 돕는 일을 계속하려 한다. 그것이 내가 직업을 통해 얻은 가장 큰 깨달음이며, '배움이 삶이 되는 길'이라 믿는다.

"

Q. 일이나 관계 속에서
‘배움’과 ‘성장’을 느낀 순간은 언제였나요?

"

멋진 만남

라지은

'진로진학센터 이지' 센터장 라지은입니다.

“진로진학센터 이지, 센터장 라지은입니다.” 요즘 나를 소개할 때 가장 많이 하는 말이다. 나는 초·중·고등학생의 진로와 진학을 돕는 일을 한다.

나는 1980년대 '산업폐기물 처리 사업'으로 성공한 아버지 덕에 풍족한 환경에서 자랐다. 아버지는 오빠와 내가 '대학 교수'가 되길 바랐다. 나는 공부에 흥미가 없었지만, 아버지의 바람대로 대학원에 진학하였고 나의 첫 직업은 '대학교 시간강사'였다.

이후 시청 지방별정직 공무원으로 합격했지만, 하루 종일 사무실에 앉아 있는 일은 내 성향과 맞지 않았다. 나는 스스로 성실하지 못한 탓이라고 자책했지만, 사실은 나에게 맞지 않는 옷을 입고 있었다. 결혼 후, 두 아이가 유치원에 다닐 무렵, 결국 공무원을 그만두고 새로운 일을 시작했다.

일과 육아에 지친 엄마들에게 '쉼터'를 만들어 주고 싶다는 마음으로 6개월간 준비해 피부 관리사 자격증을 따고 피부샵을 열었다. 초반엔 입소문이 나 직원이 7명까지 늘었지만, 비슷한 샵들이 생기고 피부과 시장이 커지면서 매출은 급격히 줄었다. 직원 관리와 퇴직금 등 모든 책임이 내 몫이었고, 육체적으로도 버거운 시간이 이어졌다. 결국 7년 만에 문을 닫았다. 하지만 그 와중에도 대학 강의는 이어갔고 박사학위도 받았지만, 마음은 늘 채워지지 않았다.

남편의 "금 장사 어때?"라는 조언에 혼자 할 수 있는 조그만 금방을 오픈했다. 6년간 운영했지만 결국 또 정리했다.

이러한 경험을 한 후에 처음으로 마음이 진심으로 향하는 공부를 만났다. 바로 '상담심리학'이었다. 경영학 박사와 상담학의 만남은 '진로진학센터 이지'의 출발점이 되었다. 청소년 상담과 진로 강의를 시작하자, 나는 다시 에너지를 되찾았다. 강의는 내 삶의 무대였다. 내가 가장 빛나는 순간은 누군가에게 배움의 길을 열어줄 때였다. 지금 나는 청소년 진로진학 전문 강사로 교육 프로그램을 만들고, 학교 다니며 강의하고, 강사를 양성한다. 많은 수입은 아니지만 온전히 내가 선택한 직업이니, 날마다 즐겁다.

"

Q. 내가 가장 행복하게 몰입했던 순간은 언제였나요?

"

행복을 연주하는, 그런

방경선

나에게 피아노는 단순한 직업이 아닌, 삶과 신앙, 그리고 행복의 중심이었다. 음악으로 사람들과 마음을 나누며, 그 속에서 참된 보람과 의미를 발견하며 살아왔다.

국민학교 시절 처음 피아노를 접했다. 중학생 때 교회 반주를 맡으면서 피아노는 나의 꿈이 되었다. 대학에서 피아노를 전공하며 '피아노 선생님이 되겠다'라는 소박한 목표를 세웠고, 그 꿈은 결국 현실이 되었다. 초등학생부터 대학생, 성인에 이르기까지 다양한 제자들을 만나며 가르침의 기쁨과 성취를 누렸다.

아이 중에는 빠르게 성장하는 아이도 있었고, 조금 느리게 따라오는 아이도 있었다. 그러나 나는 단 한 명도 포기하지 않았다. 늦게 배우는 아이에게는 "잘했어, 멋져!"라고 격려하며 용기를 주었고, 성취가 빠른 아이에게는 새로운 연주법을 선물하며, 발전의 즐거움을 함께 나눴다. 아이들이 무대 위에서 환하게 빛나는 모습을 볼 때마다, 가르침의 의미를 다시 깨달았다. 한편, 나는 교회에서 수요예배와 대예배의 반주자로 봉사하며, 하나님께 음악으로 감사의 마음을 올려드렸다. 피아노는 내게 생업이 아니라 '예배의 고백'이자 '삶의 이유'였다.

돌아보면, 피아노를 가르치던 시간은 내 인생에서 가장 반짝이는 순간들이었다. 지금은 인문학과 동화 감정코칭으로 또 다른 길을 준비하고 있지만, 그 뿌리에는 여전히 '사람과 사람의 마음을 잇는 음악'이 흐르고 있다. 행복은 거창한 성공이 아니라, 사랑하는 일을 꾸준히 이어가는 데 있다는 것을 확신한다. 앞으로도 그 믿음으로, 음악과 인문학을 통해 더 많은 사람들과 진심으로 소통하며 살아가려 한다.

Q. 당신은 무엇으로 삶을 연주하고 있나요?

인생의 이음줄

최애순

  인생의 모든 시간이 직업이라는 이름으로 서로 이어져 있다. 일은 단순히 생계를 위한 수단이 아니라, 나를 성장시키고 세상과 연결해 주는 이음줄이다. 돌이켜보면, 나는 언제나 일 속에서 배우고 익히며 사람을 만나왔다. 직업이 달라져도 중심은 같았다. 배움을 멈추지 않고, 맡은 일에 책임을 다하며, 그 배움을 공동체와 나누는 일. 그것이 내 삶의 한 축이었다.

직업은 단지 '하는 일'이 아니라, 삶을 통해 배우고 사람과 관계를 맺게 하는 통로였다. 일이 바뀌어도 그 안에 담긴 배움의 본질은 변하지 않았다. 나는 일 속에서 새로운 나를 발견했고, 그 경험이 인생의 다음 장을 여는 다리가 되어 주었다.

첫 사회생활은 전남 광양에서 시작되었다. 공무원 시험에 합격해 낯선 곳에서의 첫 출근길을 맞이했지만, 설렘보다 두려움이 앞섰다. 가스풍로 하나, 밥그릇 몇 개로 꾸린 자취방은 언제든 떠날 수 있는 임시 거처 같았으나, 그곳에서 만난 사람들은 내게 큰 위로가 되었고 그 인연은 섬진강의 물결처럼 오래 남았다. 1980년 5월, 광주민주화운동이 일어나던 시기, 엄마의 "위험하니 집으로 오라."라는 말에 순종하며 집으로 돌아왔다. 그 짧은 시간은 내 안의 공허함을 들여다보게 한 계기였다. 이후 중·고등학교 도서실 사서로 일하며 작은 공간 속에서도 책을 읽고 사색할 수 있는 '배움의 장'을 얻었다. 결혼 후 농촌으로 들어가 여성농업인의 길을 걸으며 남편과 함께 '열린이웃'을 조직하고, 도농 직거래와 마을 자립을 위한 활동을 이어갔다. 또 '죽염생명공동체'를 만들어 공동생산과 공동 분배를 실천하며 농촌 경제의 새로운 길을 열었다. 그 결과, 23호 농가가 함께한 전국 최초의 농촌 체험 마을이 탄생했고, 우리 마을은 전국 시범 마을로 선정되었다. 그 길 위에서 나는 여성의 힘으로도 농촌을 바꿀 수 있다는 확신을 얻었다. 이후 여성농업인센터를 설립해 보육, 방과후 교실, 평생교육, 이주여성 지원 등 '여성이 중심이 되는 마을'을 만들고자 했다. 활력이 돌기 시작한 마을 속에서 나는 대학 강단에도 섰다. 젊은 학생들과 농촌의 미래를 이야기하며, 지식이 다시 현장으로 흘러가길 바랐다. 직업과 가정의 병행은 쉽지 않았지만, '우리의 노력이 농촌을 한 걸음이라도 전진시킬 수 있다면!' 그 믿음 하나로 지금까지 걸어왔다.

이제 나는 새로운 이음줄을 잇고 있다. 농촌의 환경을 활용해 사람을 치유하는 치유 농장을 꿈꾸며 이혈테라피 강사, 꽃차 교육원장, 퍼머컬처 농장주로 살아간다. 몸과 마음이 회복되는 공간 '아리랑힐링원'은 내 삶의 다음 장이자, 나눔의 장이 될 것이다. 언젠가 나무 아래 서서 이곳을 찾는 이들에게 이렇게 말하려 한다.

"나는 사람책 나무입니다. 누구든 나를 읽으며 위로받고, 자신의 길을 찾을 수 있다면 그것으로 충분합니다."

Q. 일 속에서 배운 가장 큰 깨달음은 무엇인가요?

4. 친구 이야기

"친구는 두 개의 몸에 깃든 하나의 영혼이다."

아리스토텔레스

홀로 철들어 버린 친구에게

김연아

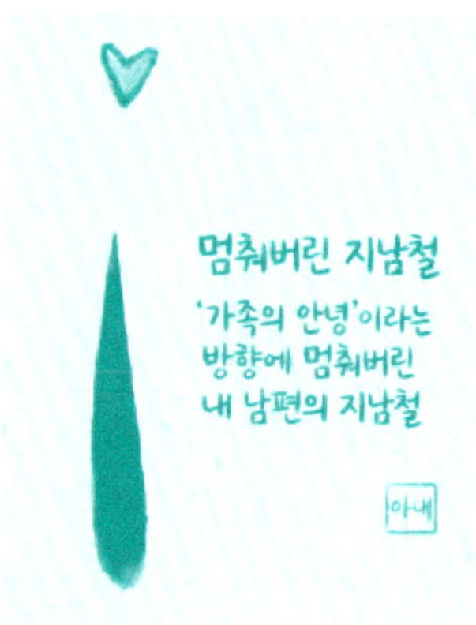

20대 후반에 만난 친구와 나는 둘이 함께라면 무엇이 그리 즐겁고 좋았는지 원 없이 철없이 놀았다. 취업의 쓴 고배를 마시면서도 서로에 대한 충실함이 삶의 가장 우선순위였다. 취업보다는 낭만이었고, 우리는 그 결과 내로라하는 직장은 못 가졌지만 가장 소중한 사랑을 품었다. 친구는 연인이 되었고, 연인은 가족이 되었다.

내가 젊었을 적부터 좋아하던 문장이 있다. "북극을 가리키는 지남철은 무엇이 두려운지 항상 바늘 끝을 떨고 있다. 야윈 바늘 끝이 떨고 있는 한 우리는 그 바늘이 가리키는 방향을 믿어도 좋다.

만일 그 바늘 끝이 불안정한 전율을 멈추고 한쪽에 고정될 때 우리는 그것을 버려야 한다. 이미 지남철이 아니기 때문이다.” 이 글은 쇠귀 신영복 선생님의 ‘떨리는 지남철’이라는 제목의 글 중에 발췌한 문장이다. 이 가냘픈 떨림이 얼마나 인간다운 일인가. 나는 여전히 인생이라는 지도위에서 어디로 향해야 할지 모르는 지남철처럼 불안한 전율에 떠는 중이다.

그런데 남편은 그 지남철을 멈췄다. 그저 ‘가족의 안녕’이라는 방향에 바늘 끝을 멈춰 버렸다. 그것이 자신의 갈 방향이라는데 한 치의 흔들림이 없는 것 같다. 남편은 헌책방을 운영하며 소설을 쓰는 것이 소박한 꿈이라고 했었지만, 지금은 회사원이 되어 공사견적서를 작성하고 있다. 아마 가족들 먹여 살리는 일이라면 직종, 직업이 상관없는 듯하다.

철없는 아내는 직업의 본새를 따지고 있지만, 홀로 철든 남편은 새벽공기를 마시며 출근하고 해 질 녘 퇴근하는 나날을 살고 있다. 나는 이 의젓함을 존경하지 않을 수 없다. 우리의 40대가 단단한 이유는 홀로 철들어 버린 남편 덕분이다.

내 남편이 50대 60대가 되면 다시 흔들릴 수 있는 자유를 주고 싶다. 무모한 일에 도전할 자유, 인생의 숙제를 잠시 미뤄둘 수 있는 여유, 경제 활동과 관계없는 무언가에 몰두해도 되는 여건을 돌려주고 싶다. 이름하여 ‘김연아 복지’인 셈이다. 이렇게 나는 또 철없는 꿈을 꾼다.

"

Q. 철들지 않고도 잘 살아가는 방법은 무엇일까요?

"

우리의 Begin Again

김영희

처음 장항에 왔을 때 나는 늘 말하곤 했다. "여긴 내가 살 곳이 아니야. 잠시 머물다 갈 거야." 밤은 캄캄했고, 학원 하나 찾기 어려웠다. 배움을 이어가려면 배를 타고 군산까지 건너가야 했으니, 정착은 생각도 하지 못했다. 그러나 사람을 만나고, 함께 배우고, 함께 활동하는 과정에서 '이곳에 머무는 삶'의 의미가 달라졌다. 배움과 관계가 어우러진 시간은 장항을 내 고향처럼 느끼게 만드는 뿌리가 되었다.

처음에는 도자기, 사군자, 홈패션을 배우러 군산에 다녔고, 그러다 장항 도서관과 문예 대학 프로그램을 알게 되면서 뜻 맞는 친구들이 생겼다. 아이를 키우던 주부들이 자연스럽게 모여 '동화 읽는어른모임’을 만들었고, 우리는 동화를 읽고, 의견을 나누고, 전통 놀이를 찾아 부르며 서로를 알아 갔다. 모임이 끝나면 회원 집에 모여 라면을 끓여 먹으며 수다를 떨던 시간이 지금도 떠오른다. 이후 ‘어린이책 시민연대’로 이름을 바꾸고 학교 도서관 살리기 운동, 그림책 읽어주기, 가을동화 마당 등 다양한 활동을 펼쳤다. 특히 어린이를 위한 동극 무대는 잊을 수 없는 장면이다. 엄마들은 연극을 연습하고, 아이들은 옆에서 놀며 자랐다. 지금은 성인이 된 그 아이들이 “그때 참 좋았어요.”라며 추억을 꺼내곤 한다.

세월이 흐르며 아이들은 시집·장가갈 나이가 되었고, 우리도 각자의 자리에서 바빠졌지만, 초창기 멤버들의 끈끈한 정은 여전히 이어지고 있다. 누군가의 애경사가 생기면 자연스럽게 다시 모이고, 늘 같은 말을 한다. “우리 다시 모여야지. 우리 할 일이 있잖아.” 아이가 중심이었던 활동은 끝났지만, 우리의 열정은 사라지지 않았다. 그 열정은 이제 지역 문화, 시니어 세대, 공동체 활동이라는 새로운 방향으로 확장될 수 있다. 우리의 Begin Again은 늦지 않았다.

Q. 삶에서 다시 시작(Begin Again)하고 싶은 영역은 무엇인가요?

가장 따뜻한 친구

김주연

　　인생의 어느 순간이든, 마음으로 이어진 친구는 삶이 건네는 가장 따뜻한 선물이다. 나에게도 유난히 혹독했던 사춘기 시절을 버티게 해 준 그런 친구가 있다.

　　중학교 시절, 어려운 집안 형편 때문에 나는 매일 새벽 신문을 돌려야 했다. 캄캄한 새벽 공기는 무섭고 외로웠지만, 묵묵히 내 곁을 함께 걸어준 친구가 있어 견딜 수 있었다. 고단한 현실 속에서도 내가 웃음을 잃지 않았던 건 온전히 그 친구 덕분이었다.

　　친구는 씩씩하고 정이 많은 아이였다. 나의 사정을 누구보다 잘 알고 살뜰히 챙겨주곤 했다. 소풍날이면 내 몫까지 김밥을 싸 오고, 집에서 밥을 제대로 먹지 못할 때면 자기 집으로 데려가 따뜻한 밥을 먹여주었다. 말수가 적고 낯을 가리던 나에게 늘 먼저 다가와 웃어주던 친구. 그 친구를 보며 나는 마음속으로 다짐했었다. '언젠가 나도 누군가에게 도움이 되는 사람이 되어야지.'

졸업 후 우리는 서로 다른 길을 걷게 되었다. 나는 산업체 고등학교로 진학했고, 친구는 인문계 고등학교로 진학하며 자연스레 멀어졌다. 세월이 흘러 결혼을 앞두고 부케를 받을 친구가 없어 고민하던 때, 기적처럼 싸이월드를 통해 친구를 다시 찾았다. 그녀는 기꺼이 내 결혼식에 와서 부케를 받아주었고, 우리는 다시 추억을 나누게 되었다.

어른이 된 친구는 예전보다 조금 조용해져 있었고, 얼굴에는 옅은 그늘이 드리워져 있었다. 친구와 예전처럼 자주 만날 수는 없었지만, 가끔 만나 수다도 떨고 우리 집에 와서 자고 가기도 했다.
그 친구는 내 사춘기를 함께 지나며 희망을 심어준 사람이다. 그 시절의 나를 깊이 이해해 주고, 말없이 손잡아주었던 따뜻한 존재였다.

"친구야, 잘 지내고 있지?"
지금도 나는 마음속으로 그 이름을 부르며, 함께 울고 웃던 그 시간을 그리워한다. 세월 따라 사람의 마음은 변할 수 있다지만, 그때 우리가 나눈 진심만은 사라지지 않는다. 나의 기억 속에서 그 친구는 여전히, 세상에서 가장 따뜻한 친구로 남아 있다.

"

**Q. 지금 마음속에 '잘 지내고 있지?' 하고
조용히 안부를 묻고 싶은 사람은 누구이며,
그 이유는 무엇일까요?**

"

나의 도반

김진설

　‘도반道伴’은 불가에서 나온 말로 부처님의 도를 배우기 위해 같이 수련하는 벗이나 깨달음을 이루기 위하여 공부하는 사이를 말한다. 불교에서는 도반이 없으면 깨달음에 이르기 어렵다고 할 정도로 소중한 동기동창 혹은, 학문의 동반자라고도 할 수 있다. 깨달음을 이루기 위해서는 스승이나 고승의 지도가 중요할 텐데 도반이 중요하다고 하는 이유가 뭘까?

　스님네 삶 속의 도반은 갖은 어려움을 같이하며 동문수학한 사이다. 큰스님의 죽비가 등짝에 내려치는 아픔에도 수도의 어려움을 표현하고 같이 울어주는 도반이 있었기에 가능한 것이리라. 그야말로 동병상련同病相憐의 마음이 있었기에 이겨낼 수 있었을 것이다.

　나에게도 도반과 같은 친구가 여럿 있다. 옆집에 살았던 친구, 중·고등학교와 대학교 때 친구다. 여름이면 원두막에서 뒹굴며 지내다 지치면 냇가에서 수영도 했었다. 겨울에는 물에 빠지며 썰매나 스케이트를 탔다. 양말이 물에 젖으면 말리다가 다 태워 먹은 적도 한두 번이 아니었다. 그 시절은 그랬다. 숯 검댕이 얼굴이어도, 손등이 버겁을 둘렀어도, 나오는 콧물을 훔치느라 옷의 소매가 반질반질해도 부끄러운 것이 없었다.

　고등학교 때는 두 명의 친구가 내 삶 속에 있었다. 두 친구는 동기들이 알 정도로 가까운 사이로 지내 '콩과 콩깍지'라는 소리를 들을 정도였다. 주산의 친구 집은 멀어서 학교에서 서천역까지 걷고, 기차를 타고 주산역까지 가야 했으며, 역에서 내려 친구 집까지 십리 길을 걸어야 했다. 그렇게 도착한 친구 집은 냇가에서 천렵으로 잡은 물고기로 찌개를 끓여 줘서 먹었다. 친구와는 대학 진학 혹은 이성 간에 있을 법한 이야기 등의 속내를 주고받았다.

　또 한 친구는 학교에서 가까운 곳에 살았다. 토요일에는 친구 집에 갔다가 집에 와도 될 정도였다. 당시, 친구 집에는 전축이 있었다. 중학교 때부터 라디오에서 흘러나오는 팝송을 들어왔기에 팝송은 내 귀에 익은 음악이었다. 충격이었다. 라디오에서 나오는 팝송과 전축에서 내뿜는 음악은 사뭇 달랐다. 지금도 또렷하게 기억하지만, 그룹 둘리스의 '원티드(Wanted)'라는 곡은 나를 까무러치게 했다. 강렬한 하드록의 비트가 있어 내 심장을 쿵쾅쿵쾅 울리게 하는 매력이 있는 곡이었다.

친구! 친구가 있기에 어려움을 이겼다. 친구는 늘 나의 감로수甘露水며 그늘이었다. 친구는 목마르면 목을 적셔주고 찌는 해를 막아주는 그늘이었고, 말하지 않아도 만나는 것으로 슬픔이 눈 녹듯 사라졌다.

이런 친구도 나이가 있다 보니 자주 보지 못한다. 만남은 소원하지만 '시절 인연이 오면 다시 만나겠지. 서운한 감정도 인생 여정의 한순간이었지. 그렇게 우정도 멀어지고 다시 가까워지겠지.'라고 혼잣말한다. 요즈음은 멀어진 친구들도 어느새 사부작사부작 다가와 손을 꼬옥 잡고 '처음처럼, 우리는 좋았어'라고 하며 속삭여 주리라는 기대로 살고 있다.

"

Q. 잊었던, 잊혔던
친구와의 만남을 위해 할 일은 무엇인가요?

"

5. 스승 이야기

"중요한 것은 질문을 멈추지 않는 것이다."

알베르트 아인슈타인

내 인생의 빛

강수정

📝　스승은 단순히 지식을 전달하는 존재가 아니라, 삶의 태도를 가르치고 방향을 제시하는 사람이다. 스승의 말 한마디는 삶이 팍팍하고 앞이 캄캄한 시기에 다시 일어날 수 있는 용기를 준다.

내 인생의 여정에는 세 분의 스승이 계신다. 세 분의 스승은 삶을 이끄는 진짜 힘은 배움이 아니라, 진심으로 사람을 성장시키려는 마음에서 나온다는 사실을 알게 해 주셨다. 그분들은 각자의 자리에서 묵묵히 빛이 되어 주었고, 그 빛은 내 삶의 길을 환히 밝혀 주었다.

첫 번째 스승은 송 교수님이다. 전통차를 배우며 처음 만났을 때, 교수님은 단호하고 정갈해 가까이하기 어려운 사람처럼 느껴졌다. 하지만 함께하며 교수님의 따뜻한 마음과 진심 어린 헌신을 보았다. 지금은 시의원이 되어 지역을 위해 헌신하고 계신다. 교수님은 내게 '품격 있는 삶은 일상 속의 태도에서 완성된다'라는 걸 가르쳐 주셨다.

두 번째 스승은 김 의원님이다. 정치에 관심이 많은 나는 집회에 참여하여 시민의 뜻을 외친다. 그때 늘 곁에서 나를 챙겨주며 올바른 길로 안내해 주던 분이 바로 김 의원님이었다. 그분은 정치가 권력이 아니라 '공동의 책임'임을 몸소 실천하고 계셨다. 지금은 플로깅 공동대표로, 지역을 위해 봉사하고 있다.

세 번째 스승은 조 의원님이다. 그는 '정치인도 배워야 한다.'라는 신념으로 군산대 평생교육원에서 '정치야 놀자' 프로그램을 개설해 시민들에게 정치와 행정을 가르쳤다. 그 수업을 통해 나는 정치가 멀리 있는 일이 아니라 우리의 일상과 선택 속에 존재한다는 사실을 배웠다.

세 분의 멘토는 지식보다 사람 냄새 나는 가르침으로 내 삶을 풍요롭게 만든 '인간적인 스승'이다.

세 분의 스승을 만난 덕분에 나는 진심의 힘을 배웠다. 그분들은 지식보다 '사람을 향한 존중과 책임'을 먼저 가르쳤고, 그 가르침은 내 삶의 중심을 단단하게 세워주었다. 이제는 나 또한 누군가에게 길을 밝혀 주는 따뜻한 사람이 되려고 한다. 스승의 마음으로 세상을 비추는 일, 그것이 내가 배운 가장 큰 배움이므로 나도 누군가에게 따뜻한 손을 내미는 사람이 될 것이다.

"

Q. 일을 가르쳐 준 '스승'은 누구이며, 그 사람에게 어떤 제자이었나요?

"

한 벌의 옷

김성미

　　1년 전 7월, "꼭 만나서 전해드릴 것이 있다."라는 연락을 받았다. 얼굴을 마주하는 순간, 반가움과 울컥한 감정이 뒤섞여 눈물이 저절로 흘렀다. 그분은 작은 화장품 상자를 건네주었고, 그 안에는 편지와 함께 현금 50만 원이 들어 있었다. 편지에는 "아버님께서 '예쁜 옷 한 벌 선물하고 싶다'고 하셨습니다."라는 문장이 적혀 있었다. 그 아버님은 바로, 내가 서울살이를 시작하던 시절 뵈었던 원장님이자 목사님이셨다.

　　그때의 목사님은 말없이 나를 돌보던 분이었다. 아침 일찍 책상 서랍을 열면 빵과 우유가 놓여 있었고, 목사님은 모르는 척 교회

앞마당을 쓸고 계셨다. 어느 때는 내 코트 주머니에 조용히 만 원을 넣어주시기도 했다. 결혼과 함께 장항으로 이사한 뒤에도 목사님은 중요한 순간마다 찾아와 주셨다. 첫째를 출산했을 때, 어린이집을 개원했을 때, 교사들과 새벽 기차로 롯데월드를 갔던 날에는 용산역까지 나오셔서 용돈을 건네주셨다. 어린이집에 오시면 오래 머무르시지도 않고 기도만 하고 돌아가셨다. 쌀, 초코파이, 우산, 믹서기, 마스크…. 언제나 무언가를 들고 오시는 분이었다. 내가 몰래 용돈을 드려도 돌아와 놓고 가셨다. 목사님은 늘 말이 아닌 행동으로 사랑을 보이던 분이었다.

어느 가을날 고향 연산이 그리워 기차를 타고 내려오신다는 소식을 듣고 반찬 몇 가지를 들고 달려갔다. 그날 목사님은 처음으로 고등학생 때 집을 떠났다가 그제야 돌아온 막내딸 이야기를 꺼내셨다. 막내딸 이야길 하며 조용히 흐느끼셨는데 그런 모습은 처음이었다. 그날 이후, 코로나가 세상에 극성을 부렸고, 요양병원에 계신 목사님을 찾아뵐 수 없었다. 바쁘다는 핑계로 마지막 길에 찾아뵙지 못해 죄송스러웠는데 따님이 찾아온 것이다. 미안함에 선뜻 나설 용기가 없었지만, 따님은 멀리 장항까지 내려와 목사님의 마지막 이야기를 전했다. "아버님께서 병상에 누워 계시면서도 '우리 성미 옷 한 벌 사줘야 하는데…'라고, 자주 말씀하셨어요." 그 말을 듣는 순간, 참았던 눈물이 쏟아졌다.

사회 초년생이던 때부터 세 아이의 엄마가 된 지금까지 목사님의 사랑은 세상의 어떤 지식보다 강하고 따뜻했다. 목사님에게서 '삶으로 보여주는 가르침'을 배웠다. 그분이 내게 '옷 한 벌의 사랑'을 남겨주셨듯이 나도 누군가에게 목사님께서 가르쳐 준 조건 없는 사랑을 건네는 사람이 되려 한다.

"

Q. 당인의 삶에
'말보다 행동으로 사랑을 보여준 스승'은 누구인가요?

나의 또 다른 아버지

김여정

삶의 가장 어두운 순간에도, 누군가의 따뜻한 품은 인간을 다시 일어서게 만드는 힘이 된다. 나는 고등학생 시절, 그런 '품어주신 은혜'를 통해 세상의 선함과 사랑을 배웠다. 고1 어느 가을 새벽, 깊이 잠들어 있던 나를 아빠가 흔들어 깨웠다. 아빠의 손을 잡고 간 곳은 병원이었다. 엄마는 발가벗겨진 채 얇은 천 하나로 덮여 있었고, 온몸을 떨고 계셨다. 새벽마다 우유 배달을 하시던 엄마가 뺑소니 차량에 치여 사고를 당한 것이다. 뇌와 장기를 제외하고 전신이 크게 손상되어, 살 수 없다는 말을 들어야 했다.

엄마가 의식 없이 중환자실에 누워 있는 동안, 내가 의지할 곳이 없었다. 그때 나를 품어주신 분이 바로 교회 목사님이었다. 교회 1층 원룸에 살던 목사님 댁은 삼 남매와 사모님이 함께 지내는 작은 공간이었지만, 그 집은 내게 집보다 더 따뜻하고 편안했다. 매일 아침 식탁에서 기도로 하루를 시작했고, 사모님은 점심과 저녁 도시락 두 개를 싸주시고, 아침까지 챙겨주셨다. 이미 세 아이를 키우는 것만으로도 벅찼을 텐데, 성도의 딸인 나까지 보살피며 단 한 번도 눈치를 주지 않으셨다. 그 따뜻함은 내 인생의 추운 겨울을 견디게 한 불씨였다. 고1에서 고2로 넘어가던 그 5개월의 시간, 목사님 댁은 나에게 '가족'이었다. 그분들의 사랑은 헌신이 아니라, 그 자체로 '은혜'였다.

내 인생의 사진 속에는 멀리 일하러 가신 아빠 대신 늘 목사님이 계셨다. 레스토랑에서 처음 먹은 돈가스, 비디오 플레이어로 함께 본 인디아나 존스, 입학식, 졸업식, 외식, 여행 등에서 목사님은 늘 곁에 있어 주셨다. 세월이 흘러 나의 큰아이가 고1이 되었을 때, 차 안에서 그때의 기억이 떠올라 꺼이꺼이 울었던 적이 있다. '나는 과연 누군가의 아이를, 그 시절의 나처럼 힘든 아이를 온전히 사랑하며 품어줄 수 있을까?'라는 질문에 답하지 못한 채로.

이제 나 또한 세 아이의 엄마로서, 누군가에게 그런 따뜻한 품을 내어주려 준비 중이다. 내 삶이 아직은 여전히 고단하지만, 내

가 받은 은혜가 고스란히 살아 있으니, 나의 도움이 필요한 누군
가에게 꼭 보답할 것이다. 그것이 내가 받은 은혜에 대한, 가장
아름다운 보답이 될 테니까.

"목사님, 사모님, 그때 품어주신 사랑 덕분에 제가 여기까지 왔
어요. 참 고맙고, 참 감사합니다."

"

Q. 당인이 삶의 가장 어두운 순간에
품어준 사람은 누구였나요?

"

길 위의 등불

최애순

인생 여정에는 수많은 갈래 길이 있다. 그 길목마다 어둠에 가려 방향을 잃을 때, 나를 향해 따스한 빛으로 다가와 주신 분들은 바로 스승님들이시다. 스승은 단지 지식을 전해 주는 존재가 아니다. 길을 잃은 제자에게 다시 길을 찾게 해주는 등불 같은 사람이다. 그들의 따뜻한 시선과 말 한마디가 내 삶의 방향을 바로잡아주었고, 때로는 무너진 나를 일으켜 세웠다.

나의 첫 번째 스승은 중학교 1학년 때의 담임 선생님이시다. 처음엔 단호한 말투와 강한 카리스마가 두려웠지만, 시간이 지나며 따뜻하고 자상한 마음을 알게 되었다. 그분은 불안한 사춘기의 나를 품어준 포근한 그늘이었다. 두려움은 존경으로, 존경은 신뢰로 바뀌었다. 고등학교 3학년 때 만난 국어 선생님은 내 인생의 또 다른 전환점이었다. 공부할 여건이 어려웠던 나에게 자신의 자취방을 내어주시고, "길을 잃었다면 직접 지도를 그려보라."라는 말씀으로 나를 일깨워주셨다. 그 말은 실패 앞에서 나를 다시 일으켜 세웠고, 문학의 길을 걷게 한 삶의 나침반이 되었다. 그분의 새벽 강의는 대가 없는 사랑이었다. 인생의 중반부에 만난 젊은 목사님 부부는 또 다른 스승이었다. 그들은 세상과 타협하지 않는 진실함과 따뜻한 신앙의 눈빛으로 나에게 '삶의 지혜'를 일깨워주었다. 그 가르침은 농촌에서 흔들리지 않고 버티게 한 정신적 버팀목이 되었다.

돌아보면, 인생의 갈림길마다 나를 잡아준 분들은 언제나 대가를 바라지 않는 사람들이었다. 그분들의 손길 덕분에 지금의 내가 있다. 이제는 나도 누군가에게 그런 등불을 밝혀 주고, 길을 잃고 서 있는 이들에게 따뜻한 손을 내밀어 줄 수 있는 어른으로 살아가려 한다.

"

Q. 인생 여정에서
등불이 되어 준 사람은 누구인가요?

"

6. **자산** 이야기

"가장 큰 부는 적은 것으로도 만족하며
살아가는 삶이다."

플라톤

일수 찍기

김연아

나는 돈이 너무 좋다. 그런데 그 좋은 돈이 너무 없다. 십 년 전쯤 나는 큰 실수를 저질렀다. 사업에 투자했고, 지인들도 나의 권유로 투자하는 바람에 나뿐 아니라 지인들까지 손실을 봤다. 그 이후로 나와 남편은 지인들에게 손실금을 채워주느라 빚 아닌 빚을 갚고 있다. 꽤 많은 돈을 메워주었지만, 아직도 정산되지 못한 빚이 있다.

그 빚이 생긴 후로 내 가슴에는 커다란 멍에가 생겼다. 내가 하는 모든 소비에 죄책감이 들기 시작했고 내가 차리는 모든 체면이 사치로 느껴졌다. 어쩌다 조의금을 보낼 때면, 채무는 갚지 못하면서 내 염치만 챙긴 것에 마음이 편치 못했다. 아프리카 아이들을 보면 눈물이 복받치지만, 후원자가 되기에 내 주제가 안 되는 것 같아 서글퍼졌다. 카카오톡 프로필은 자중하는 차원에서 행복한 사진은 되도록 피한다. 빚이 있다는 것은 내 통장만 마이너스로 만든 것이 아니라, 내 인생까지도 마이너스로 만들어버렸다.

그런데 나에게는 그보다 더 큰 빚이 있었다. 바로 부모님께 진 금전적, 정신적 빚이다. 모르면 그만일 텐데 아이를 낳고 알아버렸다. 젖몸살로 피 흘릴 때, 밤새 보채는 아이가 달래지지 않을 때, 열꽃 핀 아이를 끌어안고 전전긍긍할 때 등 양육의 매 순간 나는 그 채무를 알아 간다. 밥 한 끼마저도 금전이 없으면 취할 수 없는데, 내가 부모님께 공으로 얻어먹은 끼니는 수만 번을 헤아린다. 끼니야 받은 사랑의 일부에 불과하니 내가 진 빚을 가늠하기도 힘들다.

지인에게도 선한 마음으로 투자를 소개했지만, 피해를 주었고, 부모님께는 숙명적으로 빚을 지게 되었다. 소싯적 원대한 꿈은 이제 없어졌다. 빚 청산이 내 꿈이 되었다. 다 갚을 수 없다는 것을 안다. 하지만 탕감의 노력만이 최소한의 책임이라는 결론에 이르렀다. 앞으로 멋들어진 행보는커녕 빚 갚기 벅찬 하루로 채워질 것이다. 멋진 일은 내일로 미루고 오늘은 빚 갚는 날로 정했다. 오늘 갚지 않으면 이자가 쌓여 빚이 더 늘 것이고, 어쩌면 갚을 기회조차도 없어질 수도 있기 때문이다. 일수처럼 매일 찍어나가는 탕감의 노력이 인생 2막의 내 대단한 결심이다.

Q. 부모님께 진 빚은 어떻게 갚으면 좋을까요?

나를 지키는 힘

김주연

나는 원래 돈에 욕심이 없다. 사실 관심조차 많지 않았다. 그저 내가 먹고살 만큼, 아이들이 부족하지 않게 자랄 만큼만 있으면 된다고 믿으며 살아왔다. 어린 시절 엄마의 부재로 집안 형편이 어려워 밥을 굶는 날도 많았고, 갖고 싶은 것도 쉽게 가질 수 없던 환경이었지만 신기하게도 나는 돈에 집착하는 사람은 아니었다. 내 주머니에 있는 날엔 감사히 쓰고, 없는 날엔 담담히 받아들이며 살아가는 태도가 자연스럽게 내 안에 자리 잡았다.

이런 내가 '돈'이라는 것에 대해 다시 생각하게 된 순간이 있었다. 한 사람을 돕고 싶을 때, 세상에 작은 나눔을 하고 싶을 때, 결국 필요한 건 마음뿐 아니라 '돈'이라는 현실이 함께 있어야 한다는 사실이었다.

중학생 시절, 남동생과 신문을 돌리던 날이었다. 차가운 새벽 공기를 뚫고 자전거를 끌며 골목을 지나던 그때, 한 차가 우리 앞에 멈춰 섰다. 젊은 남자분이 내려서 "어린아이들이 고생한다."라며 몇천 원을 건네고 떠났다. 짧은 순간이었지만, 그 고마운 마음은 오래 남았다. 돈이 단순한 숫자가 아니라, 누군가의 따뜻한 마음이 흐르는 통로가 될 수 있다는 걸 그때 처음 배웠다.

지금 내 통장을 보면 늘 애처롭다. 그렇지만 신기하게도 불안하지 않다. 나에게 돈은 삶의 중심이 아니라, 삶을 조금 더 나눌 수 있게 만드는 하나의 수단이기 때문이다. 돈은 필요한 만큼 들어오고, 여유가 생기면 어려운 사람들에게 흘러보내면 된다고 믿는다. 돈도 마음도 결국은 돌고 도는 법이라는 걸 경험으로 알고 있다. 이 부분에서 남편과 나는 성향이 참 다르다. 나는 돈에 관해 무심한 편이지만, 남편은 돈을 꼼꼼하게 챙긴다. 처음엔 그 차이가 힘들기도 했지만, 지금은 고맙게 느껴진다. 남편이 그렇게 지켜준 덕에 우리가 다시 자리를 잡을 수 있었으니까 말이다. 아마도 나는 '흐름'을 믿고, 남편은 '지킴'을 믿는 사람인지 모른다.

앞으로 나는 돈을 더 효율적으로 쓰고 싶다. 남편이 돈을 지키는 역할이라면, 나는 그 돈이 어디로, 어떤 의미로 흘러갈지를 고민하는 역할을 맡고 싶다. 예를 들어 '수입의 일부는 꼭 나눔으로 돌아가게 하자.'라는 작은 원칙을 세우는 것처럼 말이다. 그렇게 쓴 돈은 단순한 소비가 아니라, 사람을 살리는 의미가 될 수 있을 것이라 믿는다. 나에게 돈은 욕망의 대상이 아닌 삶을 나누고 연결하는 도구이다. 돈이 있으면 감사히 나누고, 없으면 담담히 받아들이는 것이 내가 살아온 방식이고, 앞으로도 지켜가고 싶은 나만의 돈에 대한 철학이다.

Q. 당인은 지금 돈을 어떤 눈으로 바라보고 있나요?

지금, 우리의 재산은?

김진설

우리가 생각하는 재산은 무엇일까, 돈과 권력 그리고 힘이 전부라는 배금주의자拜金主義者의 생각은 지금도 유효할까, 과연, 재산은 삶을 풍족하게 해주며 돈이 전부가 될 수 있을까, 인간은 생명의 보존과 함께 소유하고자 하는 DNA를 태생적으로 가지고 있는가?

인류가 생긴 이래로 돈 아니면 재산과 땅으로 생기는 투쟁이 끊임없이 이어져 왔다. 생명체는 숨이 붙어있는 한 자신을 보호하고 생명을 유지하려고 투쟁한다.

세계인의 행복도 순위를 매길 때 가장 높은 나라가 핀란드다. 그것도 8년간 1위였다. 주목할 것은 북유럽의 많은 나라가 10위 안에 자리하고 있다는 사실이다. 우리는 곧잘 외국의 경우와 비교하여 우리나라의 행복도를 묻게 된다. 안타깝지만 2025년 초의 조사인 '행복 보고서'에 의하면 58위이다. 무엇이 이런 결과를 낳게 했을까?

백야와 극야, 추운 겨울 등 사람이 살기 어려운 지역임에도 핀란드를 포함한 북유럽 사람들은 삶에 대한 긍정적 태도가 있음이 분명하다. 그네들이 행복하다고 느끼는 이유는 개인의 삶의 질과 국가가 제공하는 복지 제도의 균형 때문일 것이다. 또한, 경제적 안정과 함께 물질보다는 삶의 질을 중시하는 문화도 한몫했을 가능성이 높다.

세 아들에게 가끔 하는 말이 있다.

"엄마, 아빠가 너희에게 많은 재산을 물려줄 수는 없다. 더군다나 삼 형제라서 유산을 나누어 줄 수밖에 없다. 재산이 많지 않은 부모를 탓할 수도 있겠지만, 금전적인 재산보다 더 중요한 재산을 주었고 앞으로도 주려고 한다. 너희들에게 준 재산은 하나님의 세계를 알고 믿음의 세계에 들어가게 한 것이 첫째요, 삶의 가치와 아름다운 삶이 무엇인가를 알게 한 것이 둘째 재산이라고 생각한다. 조금 더하여 가족들뿐만 아니라 친지 그리고 다른 사람들에게 사랑을 주고받음이 진정한 재산이다. 그러기에, 나라를 위한 일과 인류를 위한 일에 관심과 실천하려는 마음가짐이 더 큰 재산임을 알기 바랄 뿐이다."

나의 재산을 아끼는 것도 중요하지만 후손에게 물려줄 우리나라를 위해서는 재정 구조가 탄탄하고 국력이 강해야 한다. 한 푼이라도 더 얻기 위하여 서로 으르렁대며 잇속만 찾는 경제 현실을 간과해서는 안 된다.

시벨리우스가 작곡한 교향시 '핀란디아'를 가끔 듣는다. 그 묵직하고 장중한 음악을 듣노라면 핀란드 호숫가 어느 숲에서 불곰의 포효를 듣고 있다는 생각이 든다. 장엄 미사와도 같은 음울하고 침울한 곡을 듣는 것으로도 핀란드 사람들과 핀란드 땅의 숨결을 듣는 것 같은 느낌이 든다.

핀란드 사람들에게는 조국과 함께 시벨리우스와 핀란디아는 분명, 유무형의 자산임이 분명하다. 그 자산을 잃지 않는 것, 그 재산을 보존해야 하는 것은 미래 세대를 위하여 우리가 노력해야 하는 이유이다.

"

**Q. 나의 진정한 자산은 무엇인가
알고 지키고 늘리기 위한 노력은 무엇인가요?**

"

내 안의 재산

방경선

　　🖋　진정한 행복은 외적인 '소유'가 아니라, 내 안의 '존재'를 발견하는 데 있다. 소유와 존재의 균형이 이루어질 때, 비로소 마음이 풍요로워진다. 사람들은 종종 물질과 재산을 통해 행복을 찾으려 한다. 하지만 채워질수록 또다시 부족함을 느끼는 게 인간의 마음이다. 끝이 없는 욕망의 길 위에서 진정한 만족은 얻기 어렵다. 그래서 나는 생각한다. 남이 빼앗을 수 없는 가장 귀한 소유는 '내 안에 있는 재능'이라고.

　　사람은 누구나 각자의 재능을 가지고 태어난다. 공부를 잘하는 사람이 있는가 하면, 손재주가 뛰어난 사람도 있고, 누군가는 다른 이의 마음을 따뜻한 말로 어루만진다. 이처럼 모든 재능은 저마다의 빛을 낸다. 그 재능이 나의 존재를 증명하고, 삶의 의미와 기쁨을 만들어 준다. 내가 잘하는 일을 하며 살아간다면 눈에 보이는 소유는 적더라도 마음속 소유는 더 깊고 넉넉해진다. 그 안에서 자존감이 자라고, 삶의 질은 더욱 풍성해진다.

나는 음악을 통해 사람의 마음을 위로할 수 있는 재능을 받았다. 어린 시절부터 피아노와 해금을 배우며 음악이 주는 위로의 힘을 느꼈고, 지금은 그 감성을 사람들에게 나누는 일을 하려고 준비 중이다. 또한 강의와 상담, 인문학과 예술을 연결하는 과정에서 사람들의 이야기를 귀 기울여 듣고, 그 속에서 마음의 상처를 어루만지는 능력도 발견했다. 누군가는 나를 '잘 들어주는 사람', '따뜻한 사람'이라 부른다. 그 말이 내겐 세상 그 어떤 재산보다 값지다.

결국 소유와 존재의 균형은 '내 안에 이미 있는 것'을 발견하는 데서 시작된다. 그 깨달음이 주는 평안은 외부의 부와 비교할 수 없는 진짜 부요함이다. 내가 가진 재능을 사랑하고, 그 재능으로 세상과 나누며 살아갈 때 마음의 풍경은 한없이 따뜻하고 아름다워질 것이다.

Q. 당신은 '소유'와 '존재' 중
어떤 것에 더 무게를 두고 살아왔나요?

7. 건강 이야기

"건강을 잃으면 모든 것을 잃는다."

헨리 데이비드 소로

내 몸아, 고마워!

김여정

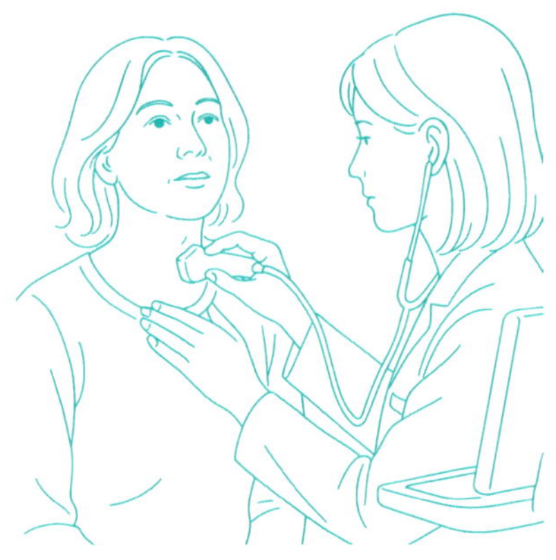

올 3월에 정기 건강검진을 받았다. 대수롭지 않게 생각하며 검사를 마쳤는데, 의사의 표정이 심상치 않았다. "갑상선에 혹이 여러 개 보이네요. 크기가 좀 큰 편이에요. 큰 병원에서 검사를 꼭 받아보세요."라는 말이었다. 순간 가슴이 철렁 내려앉았다. 평소 같았으면 '별일 아니겠지' 하며 넘겼을 텐데, 이상하게도 그날은 마음 한구석이 불안했다. 주말이 오기만을 기다렸다가 토요일 아침 병원으로 향했다. 검사 결과를 본 의사는 조심스럽게 말했다. "모양이 좋지 않습니다. 혼합 결정이라 조직검사를 해봐야 해요. 암일 수도 있고, 아니더라도 위치가 좋지 않아 수술이 필요할 수 있습니다." 순간 머릿속이 하얘졌다. 그럼에도 나는 습관처럼 말했다. "제가 요즘 너무 바빠서요. 8월에 휴가가 있는데, 그때 하면 안 될까요?" 의사는 단호히 고개를 저었다. "지금 바로 큰 병원으로 가셔야 합니다." 진료실을 나서는 순간, 그 한마디에 눈물이 왈칵 쏟아졌다. 세상이 잠시 멈춘 듯, 모든 소리가 멀어졌다.

병원에 도착한 남편은 아무 말 없다가 어색하게 한 마디 내뱉었다. "그래도 갑상선암은 착한 암이잖아." 그 말은 위로가 아니라 칼날이었다. 집으로 돌아오는 3월의 햇살은 한겨울이었다. '왜 나에게 이런 일이 일어났을까?' 돌이켜보면 내 삶은 늘 달리기였다. 밤 10시가 넘어야 퇴근하고, 식사도 제대로 하지 못한 채 하루를 버텼다. 25년 동안 세 번의 출산을 빼고 단 한 번도 멈춘 적이 없었다. 수많은 밤, 끝없는 책임감 속에서 나는 늘 '괜찮다'라고 자신을 속이며 살아왔다. 누구도 나를 몰아세우지 않았는데 가장 내 몸을 힘들게 한 사람은 바로 나였다. 그 무리한 시간은 내 몸을 병들게 했다.

조직검사 결과를 기다리는 동안, 나는 또 다른 시련을 맞았다. 몸에 통증이 찾아오더니 대상포진 진단을 받았다. 약의 부작용으로 하루 종일 머리가 멍했다. 혹시라도 갑상선 수술을 하게 되면 오래 쉬게 될까 봐, 더 악착같이 버텼다. 그러나 점점 무너져가는 몸과 마음, 그 누구도 대신해 줄 수 없는 고통과 마주하고 있었다. 부모님이 걱정하실까 봐 말하지 못했고, 남편은 여전히 내 마음을 읽지 못했다. 억울함과 두려움이 뒤섞인 날들 속에서 나는 날카로운 말로 그를 상처 입히기도 했다.

긴 터널을 지나며, 조금씩 나를 다시 바라보기 시작했다. 그동안 미뤄둔 감정, 외면한 마음, 내 안의 어린 나를 하나씩 마주했다. 그리고 비로소 깨달았다. 나는 참 열심히, 성실히, 최선을 다해 살아왔다. 누구보다 묵묵히 견뎌냈고, 누구보다 치열하게 버텼다. 그래서 이제는 나 자신에게 이렇게 말한다. '정말 잘 버텼다.' 사람들은 흔히 '건강을 잃으면 모든 걸 잃는다.'라고 말한다. 이제야 그 말의 진짜 의미를 안다. 나는 이제 밀린 숙제를 하듯 살지 않으려 한다. 조금은 느리게, 조금은 가볍게, 하루를 소풍하듯 살아가려 한다. 숨을 고르고, 마음을 느끼며 내 안의 나를 온전히 안아 주려 한다. 갑상선 혹 때문에 비싼 수업료를 치렀지만, 그 덕분에 나는 '나'를 다시 만났다.

"

Q. **"나를 돌본다는 의미는 무엇인가요?"**

"

토닥토닥 부부

김영희

건강은 모든 행복의 기초라고들 한다. 그 말이 새삼 실감하는 요즘이다. "나는 건강한가?"라는 물음 앞에서 선뜻 고개를 끄덕이기 어렵다. 허리가 자주 무겁고, 얼마 전에는 배드민턴을 하다가 발이 골절되는 일을 겪었다. 퇴근 후, 주 2회 운동을 하며 조금씩 실력이 늘어가던 참이었는데, 발등이 꺾이면서 갑작스러운 통증과 함께 찾아온 진단은 '골절'이었다. 수술과 재활로 이어진 긴 시간은 내 생활의 많은 부분을 바꾸어 놓았다. 한 발로 균형을 잡는 일조차 힘들었고, 계단을 오르내리는 일도 조심스러웠다. 예전엔 가볍게 뛰어넘던 낮은 턱도 이제는 손을 짚고 한 발씩 내려와야 했다.

건강검진에서 골다공증 진단을 받았을 때, 몸뿐 아니라 마음마저 늙어버린 듯한 기분이 들었다. 움직임이 줄자 몸의 형태도 흐트러지고, 나 자신이 초라하게 느껴졌다. 건강은 단순히 몸의 상태가 아니라, 마음과 삶의 태도까지 흔드는 것이라는 사실을 그제야 깨달았다. 내 몸은 오랫동안 나에게 신호를 보내고 있었다. "나를 돌보라." 그 조용하지만 분명한 메시지를 이제야 들었다. 중년에 접어들며 근력운동의 중요성을 절실히 느꼈고, 의사의 권유로 필라테스를 시작했다. 허리 근력을 키우고 몸의 탄력을 되찾는 이 운동은 어느새 내 일상의 기쁨이 되었다. 예전엔 싫어하던 고기도 이제는 몸을 위해 일부러 챙겨 먹는다. 자세를 바르게 유지하고, 엉덩이와 배에 힘을 주며 하루를 보낸다. 조금씩 바르게 서자 걸음에 힘이 생기고, 마음에도 활기가 돌았다. 엘리베이터 대신 계단을 오르며 몸이 살아 있음을 느낀다.

건강을 위해 실천해야 할 세 가지를 정했다.
첫째, 하루의 시작을 감사함으로 열고 소식하는 것
둘째, 부부가 함께 운동하며 마음과 몸을 동시에 돌보는 것.
셋째, 주변과 좋은 관계를 유지하며 살아가는 것.

이 세 가지는 '토닥토닥 부부 탁구 모임'으로 이어졌다. "부부가 함께할 수 있는 운동이 있으면 좋겠다."라는 생각에서 출발한 이 모임은 주말마다 웃음소리가 끊이지 않는다. 처음엔 남편이 참여를 망설였지만, 몇 번의 권유와 기다림 끝에 이제는 먼저 운동복을 챙긴다. 탁구공을 주고받는 동안 얼굴엔 웃음이 번지고, 땀속에 피로와 걱정이 녹아내린다. 남편들은 "함께 복식 게임을 할때, 아내들이 그렇게 즐겁게 웃는 걸 보면 우리도 행복해요."라고 말한다. 레슨을 받고 공을 주고받으며 부부들은 점점 호흡을 맞춰간다. 실수에도, 헛스윙에도 웃음이 터지고, 탁구공 소리보다웃음소리가 더 크다. "언젠가 부부 탁구대회를 열면 우리가 다 상을 휩쓸겠지." 그 농담 속에는 서로를 응원하며 건강하게 늙어가고 싶은 마음이 담겨 있다.

건강을 지키는 방법은 다양하다. 비타민이나 영양제도 좋지만, 무엇보다 중요한 것은 즐겁게, 함께 살아가는 마음이다. 몸이 보내온 편지를 외면하지 않고, 자신을 스스로 돌보며 관계 속에서 웃음을 나누는 삶. 그것이야말로 진짜 건강의 시작이다. 건강은 혼자 만드는 것이 아니라, 함께 웃고 함께 땀 흘리는 사이에서 완성되는 것임을 이제 나는 안다.

“

Q. 오늘 내가 실천할 수 있는
‘작은 건강 습관’은 무엇인가요?

”

진정한 건강은?

김진설

  '정민이가 죽었단다. 아침에 아내가 정민이의 방을 열어보니 깨어나지 않았다나. 119에 연락하여 병원으로 옮겼지만 소용없었데. 치료 한번 제대로 못 하고 영안실로 갔다는 거야. 그래서 늘그막에는 부부가 같은 방에서 자야 하는 거야. 우리도 건강해야 해' 아내와 나눈 내용이다.

  '건강.'

  우리 나이의 연배가 아니라 시대의 화두가 되었다. '어떻게 하면 건강히 오래 살 수 있을까, 어떻게 살면 아름다운 마무리를 할 수 있을까?'

  인간의 욕심 중에 가장 큰 욕심이 먹고사는 것이다. 죽지 않기 위한 처절한 노력이 인간 삶의 전부를 차지한다. 생물의 근원적 욕심인 살고 살아내기 위한 노력은 전쟁으로 이어지고 살육도 서슴지 않았다.

건강하다는 것은 우리 몸의 어디가 건강하다는 것인가? 몸만 건강한 것이 전부가 아니다. 정신이 건강해야 하고 자기의 사상과 정체성, 사회생활 대처 능력도 건강해야 한다.

사흘 동안 힘든 일을 했더니 몸이 무겁다. 눈이 침침하고 코감기 기운도 있다. 50대만 해도 사나흘 고된 일을 해도 기침 두어 번 하면 끝이었는데 60 중반을 넘기니 몸이 반응한다.

곧 죽을 나이는 아니지만 가끔 걱정한다. 아프지 않던 곳이 더러 생기니 말이다. 90을 넘겨 손주가 결혼하는 날까지 살고 싶은 욕심이 있지만 가끔 '이 몸 갈 곳이 어디인가?'라는 넋두리 겸 자성自省을 하곤 한다.

건강하게 오래 사는 것은 모두의 꿈이지만 몸과 정신이 건강하여 남을 위해 일할 수 있다는 것은 인생 최고의 복이다. 현대를 100세 시대라고 한다. 나뿐만 아니라 그 누구도 정민이처럼 죽음을 맞이하고 싶지 않을 것이다. 100세를 건강하게 살기 위해서 우리가 지금 당장 지켜야 할 것이 무엇인지 생각해 볼 일이다.

오래전, 문산초등학교 교사 시절 이야기다. 아이들을 지도하면서 공부보다 중요한 것이 있으니 그걸 잘 알아야 한다고 하였다.

특히, 한국인의 정체성과 바른 정신을 강조하였다. 정신이 건강해야 내가 건강하고 나라가 건강하다는 이야기를 숱하게 해주었다. 3학년 아이들이 무얼 알까마는 그래도 바르고 건강한 정신의 중요성을 귀가 닳도록 일러주었다.

일기 쓰기를 지도하면서 있었던 일은 30년이 지났지만 지금도 잊히지 않는다. 음식 한 톨 남기면 난리가 나고 김치는 무조건 먹어야 한다고 가르쳤다. 한국인이 김치를 먹지 않으면 한국인이 아니라고 강조한 호랑이 선생이었다. 한 학생이 상추의 끝부분을 잘라내고 먹었다고 우리 반 학생 전부를 토끼뜀으로 운동장 한 바퀴를 돌게 하였다. 지금 생각하면 너무 심했다는 생각이 들지만 어떻게든 낭비하지 않고 음식을 골고루 먹이려는 선생님의 마음을 이해해 주기를 바랄 뿐이다.

그날의 일기 주제는 '점심시간'이었다. 다음 날 일기 검사를 하면서 놀라운 제목을 발견하였다. 영선이의 일기였다.

'상추 끝이 돈이라면 버리겠습니까?'

"

Q. 노년의 건강한 삶을 위해 할 수 있는 일은 무엇인가요?

"

건강을 위한 여정

라지은

　　나는 지금 수능을 일주일 앞둔 재수생 엄마로 서울에 있는 딸 곁에 와 있다. 수능 전, 혹여 '긴장감과 스트레스로 힘들지 않을까, 엄마가 옆에 있으면 조금이라도 낫지 않을까'하는 마음으로 올라왔지만, 막상 할 일은 많지 않다. 아침을 챙겨주고 아이가 학원에 가면 저녁밥을 먹으러 돌아올 때까지 긴 하루가 남는다. 그래서 생각해 낸 것이 바로 '하루 2만보 걷기'다. 목적지도, 이유도 없이 그저 걷자는 마음이었다. 마치 '2주 살기'를 하러 온 사람처럼 이 동네 구석구석을 걸어보기로 했다.

　　오늘, 1차 목적지는 포스코 빌딩 안에 있는 '테라로사' 카페이다. 커피 한 잔과 함께 책을 읽고 글을 쓰는 시간이 내게는 가장 행복한 일상이기 때문이다. 서울이 좋은 점은 대부분의 카페가 아침 일찍 문을 연다는 것이다. 카페의 분위기를 즐기고, 오늘의 2만 보 여정의 목적지 '선릉'으로 향했다. 이름만 들어도 '역사'의 냄새가 나는 곳이지만, 막상 도심 한가운데 이런 유적이 있을 거라고는 상상도 못 했다. 빌딩 숲 사이로 기와를 얹은 담장이 나타나더니, 문득 도시의 소음이 멀어지고 가을빛으로 물든 나무들이 어우러진 산책길이 펼쳐졌다. 마치 다른 시대로 걸어 들어가는 듯한 기분이었다.

뜻밖의 선물은 기분을 좋게 한다. 때마침 내가 방문한 그 주는 '무료입장' 주간이었다. 조선의 왕과 왕비가 잠든 능을 따라 조성된 그곳은 유독 많은 외국인 관광객 모습이 눈에 띄었다. K문화와 예술이 세계의 중심에서 주목받는 지금, 조심스레 선조의 묘를 바라보는 외국인들 앞에 서니 왠지 모르게 마음이 뿌듯해졌다. 수백 년의 세월이 흘렀지만, 나무와 흙, 바람은 여전히 그 자리를 지키고 있었다. 서울의 중심, 빽빽한 고층빌딩 사이에서 이런 역사적 숨결을 만날 줄이야. 오늘 2만보를 위해 선릉에서 시간을 보내면서 서울 도심 속 역사가 오래 보존되기를 바랐다.

선릉을 나와 '봉은사로'를 따라 발걸음을 옮겼고, 마음은 더할 나위 없이 고요해졌다. 발걸음마다 쌓이는 땀방울만큼 생각도 맑

아졌다. 내일의 '2만보 걷기는 또 어느 곳이 될까?'라고 질문을 하려다가 문득, "어딘들 발길이 닿는 곳이면 되지"라고 생각을 굳혔다. 그랬더니 수능으로 힘겨운 시간을 보내고 있는 딸을 응원하는 나와, 서울 어딘가에서 나의 건강을 위한 2만 보 걷기 여정이 기다려졌다.

Q. 일상 속 '작은 행복'을 얼마나 인식하고 있나요?

8. 사회공헌 이야기

**"우리가 받는 것으로 생계를 꾸리고,
우리가 주는 것으로 삶을 만든다."**

윈스턴 처칠

남을 위한 길

강수정

나에게 사회공헌활동은 단순한 봉사가 아니라, 사람과 사람을 잇고 지역의 문화를 지켜내는 일이다. 나는 지금까지 다양한 공동체 활동을 통해 '함께 사는 삶'의 가치를 배웠고, 이제는 그 경험을 바탕으로 정치라는 더 큰 무대에서 지역을 변화시키는 일에 도전하려 한다. 내게 사회공헌은 단순히 선행이 아니라, 삶의 철학이자 나의 두 번째 인생의 중심이다.

내가 사회공헌에 깊이 발을 들이게 된 계기는 다도(茶道)였다. 전통차를 배우며, 마음의 여유와 배려, 나눔의 의미를 깨달았고, 그 후 다도를 가르치는 선생으로서 학생들에게 전통문화의 가치를 전하는 일을 하고 있다. 차 한 잔을 마시며 서로의 마음을 나누는 일은 단순한 취미를 넘어 공동체의 온기를 회복시키는 문화적 실천이었다. 이 경험은 나에게 '지역사회 속에서 어떻게 의미 있는 삶을 살 것인가'라는 질문을 가지게 했다.

나는 플로깅(plogging) 활동으로 환경 보호의 중요성과 봉사의 즐거움을 알게 되었다. 길 위의 쓰레기를 줍는 그 작은 행동이 결국 지구를 지키는 첫걸음이라는 사실을 깨달았다. 또 주민자치위원회 활동을 통해 지역 문제를 직접 해결하며 공동체의 의미를 새롭게 배웠고, 입주민 대표 회의에서는 내가 사는 아파트를 더 나은 공간으로 만들기 위해 주민들과 머리를 맞대었다. 이 모든 경험이 쌓여 정치에 대한 꿈으로 이어졌다. 정치는 멀리 있는 일이 아니라, 내가 사는 마을을 살피고 사람들의 삶을 개선하는 가장 현실적인 사회공헌이라 믿는다.

이제 나는 내년부터 그 꿈을 실천하려 한다. 지역을 위한 정치, 사람을 위한 행정, 문화를 지키는 정책 등 그것이 내가 생각하는 진정한 사회공헌의 다음 단계다.

앞으로도 다도를 통해 마음의 평화를 나누고, 플로깅으로 환경을 지키며, 따뜻한 군산을 만들어가련다. 배운 것을 나누고, 받은 것보다 더 돌려주는 삶이 되도록 노력하련다.

Q. 내가 속한 공동체를 더 따뜻하게 만들기 위해,
바로 시작할 수 있는 작은 실천은 무엇인가요?

분리수거의 정도(正道)

김연아

친정엄마는 아침마다 우리 집으로 출근하신다. 오실 때마다 두 손 가득 먹거리를 들고 오셔서 두 손 가득 우리 집의 재활용 쓰레기를 들고 가신다. 육아에 고된 딸을 위해서 아이 신생아 때부터 자처해 주시던 습관이 지금까지도 이어지고 있다. 그런데 여기에서 우리의 분란이 생겨난다. "연아야. 비닐에 끈끈이를 오려 내야지. 지저분한 비닐은 씻어서 내야지. 고지서 봉투는 비닐과 종이를 분리해야지." 밤새 아가와 씨름하고 겨우 눈 붙였는데 잔소리가 귀에 꽂히면 나는 찡그리며 하루를 시작했다. 대답도 고울 리 없었다. "이 정도면 됐지~" 나도 엄마의 말이 맞는 걸 안다. 재활용 쓰레기에 어떤 물질이 혼합되어 있으면 가령 플라스틱 통에 종이 상표가 붙어있다면 재활용이 되지 못하고 쓰레기로 처분된다고 한다. 이런 실상을 알지만 분리수거장에 가보면 플라스틱 통에 상표가 버젓이 붙여져 버려져 있으니 나도 눈 가리고 아웅식으로 분리수거하곤 했다.

반면, 엄마의 분리수거 쓰레기들을 보면 설거지한 듯 깔끔하게 정돈되어 있었다. 하지만 그런 엄마의 분리수거 쓰레기들을 나는 좋게 보지 않았다. 엄마의 철저한 분리수거 습관이 가족 간 입씨름의 원인이 되는 것 같았기 때문이다. 가족 간 화목이 더 중요한 가치가 아닌가. 너무 꼼꼼하고 까다로우면 같이 사는 사람을 피곤하게 한다며 엄마의 성격을 탓했다. 그래서 대답도 항상 엇나가곤 했다.

여느 날도 엄마는 분리수거를 열심히 하느라 김장 비닐을 깨끗이 씻고 계셨다. "엄마. 이 정도까지 해야 해? 분리수거장 가봐. 이 정도까지 안 해도 다 가져가는데 너무 힘든 것 아니야?" 나는 타박이 섞인 질문을 던졌다. 엄마는 김장 비닐을 빨래집게에 꽂아 말리면서 말씀하셨다. "내가, 이 나이에 할 애국이 뭐겠냐. 이거라도 해야지", "애국?", 이 대목에서 생각지도 못한 단어의 등장에 나는 적잖이 놀랐다. 내가 떠올리는 애국은 광화문광장에 가서 태극기를 휘날리거나, 촛불을 밝히는 거창한 액션이었다. 하지만 엄마가 보여주는 애국은 소박하지만 매일 실천할 수 있는 것이었다. 나는 그때 애국의 정의를 다시 내릴 수 있었다.

분리수거 잘 한다고 아무도 알아주지 않는다. 말끔한 분리수거 누가 보지 않는다. 기부 영수증도 기부 반지도 받지 못한다. 하지만 엄마는 가족에게까지 인정받지 못하면서도 수십 년을 분리수거에 애써왔다. 그 작지만, 위대한 실천을 엄마의 성격 탓으로 돌렸던 나의 미운 마음이 부끄러워졌다.

지구와 후손에게 빚지지 않고, 공동체의 약속을 성실히 지켜나가는 성심이 분리수거이다. 철저한 분리수거가 사회공헌이라기에 거창하지만, 사회공헌이라는 것이 더불어 사는 사람의 기본 도리로부터 시작하는 것이라고 한다면, 분리수거는 작지만 가장 기본이 되는 사회공헌일 것이다.

엄마의 애국은 오늘도 진행 중이다. "연아야. 우유 팩은 뜯어서 판판히 펴서 내야지. 생수병은 얇게 밟아서 내야하고, 병뚜껑은 따로 분리해서 버리고……." "넵 알겠습니다!" 내가 올바로 대답하는 데만 십수 년이 걸렸다. 엄마의 꾸준함이 다음 세대인 나를 변화시킨 것이다. 이제 내가 엄마의 까다로운 정도(正道)를 실천해 갈 차례이다.

Q. 소박하지만 사회를 위한 일천은 무엇이 있을까요?

세상을 바꾸는 씨앗

라지은

나의 일상은 일, 가정, 운동, 그리고 성장을 위한 배움으로 채워져 있다. 청소년 교육 사업을 하는 나는 중·고등학교에서 학생들을 가르치고, 일주일에 두세 번 건강을 위해 운동을 한다. 5km 이상을 뛰는 러닝을 즐기고, 두 시간 넘는 산행으로 마음을 다스린다. 피아노를 배우며, 독서 모임에서 책을 읽고 공감한 내용을 함께 나눈다. 두 아이의 엄마이자 아내, 그리고 홀로 계신 어머니의 든든한 딸로서 역할을 해내는 일상은 절대 가볍지 않다. 그렇게 나와 가족, 그리고 일에 몰두하다 보니 어느새 '나 외의 세상'에는 무심해져 있었다. 친구나 지인과 시간을 보내더라도, 그들과 나눈 이야기나 감정을 금세 잊곤 했다. 나는 늘 내 안의 일만 중요하게 여기며 살아온, 지극히 개인주의적인 사람이었다.

그런 나에게 변화가 찾아온 것은 중학생을 대상으로 '청소년 민주시민 교육'을 진행하면서부터였다. 민주주의는 '모든 사람이 자유롭고 평등하게 참여하여 자신의 삶을 함께 결정하는 정치 제도'이며, 민주시민은 '민주주의 사회의 구성원으로서 권리와 의무를 이해하고, 공동체의 발전을 위해 적극적으로 참여하는 사람'을 뜻한다. 학생들에게 이러한 내용을 설명하면서, 나는 부끄러움을 느꼈다. 내가 누리고 있는 민주주의를 너무 당연하게 여겼고, 누군가의 참여와 헌신이 있었기에 지금의 사회가 존재한다는 사실을 미처 깨닫지 못하고 있었기 때문이다. '참여'라는 단어의 무게가 내 삶 속에서 새롭게 다가왔다.

이제 50이 넘은 나이에 이르러 '사회공헌활동'에 대해 돌아보니, 막연히 봉사나 기부 정도로만 여겼던 나 자신이 부끄럽다. 그동안 내 시선이 온통 내 안에만 머물러 있었기 때문이다. 하지만 민주시민 교육을 통해 알게 된 것은, 작은 참여가 세상을 바꾸는 씨앗이 될 수 있다는 사실이었다. 이 깨달음 이후, 나는 지역 청소년을 위한 진로 멘토링과 교육 재능기부 활동을 조금씩 시작하고 있다. 큰일은 아니지만, 누군가에게 도움이 되는 일이라면 그것이 곧 사회공헌이라고 믿는다.

이제는 내 안에 머물러 있던 시선을 세상으로 돌릴 때다. 내가 살고, 먹고, 입고, 사용하는 모든 것의 앞뒤에는 분명 누군가의 노력이 있다. 그들에게 감사하며, 내가 가진 것을 함께 나누는 삶을 실천하고자 한다. 지금부터가 진짜 사회공헌의 시작이다.

**Q. 당인의 삶이 풍성해지려면
어떤 활동에 참여하는 것이 좋은가요?**

생명을 위한 한 걸음

최애순

농촌의 삶은 언제나 고단했다. 노동의 질은 떨어졌고, 생활은 빠듯했다. 그 속에서 나 역시 늘 "나는 잘 살고 있는가?"라는 질문과 우울 사이를 오갔다. 그러던 어느 날, 가까운 곳에 살던 후배가 스스로 생을 마감했다는 소식이 들려왔다. 그 소식은 내 마음을 깊게 흔들었다. 비슷한 삶을 살아온 한 사람이 그 외로움과 고통 속에서 아무 말도 남기지 못한 채 떠났다는 사실이 나를 오래 붙잡아 놓았다. 그때 나는 스스로에게 물었다. '나는 어디에 있었을까? 나만의 어려움에 갇혀 누군가의 손을 잡아주지 못한 건 아닐까?' 그 질문은 나를 움직이게 했다. 나는 자신을 '생명의 전화'라고 말하며 이웃들에게 전하기 시작했다. "언제든지 전화

주세요. 제가 이야기 들어드릴게요." 그 작은 선언에서부터 연결이
시작되었다.

　농가 주부모임 회장을 맡으면서 각 마을의 여성농업인들과 깊
이 소통하기 시작했다. 함께 모여 밥을 나누고, 울고 웃으며 서로
의 삶을 들여다보았다. 지역 봉사활동을 하면서 우리는 서로의
기둥이 되었고, 그 과정은 나에게 '혼자가 아니라 함께 가는 삶'
의 의미를 알려주었다. 이후 전국 회장을 맡아 전국의 농촌 여성
들과 만나게 되었다. 지역마다 삶은 달랐지만, 마음은 하나였다.
우리는 서로의 손을 잡고 리더십 과정을 만들었고, 농촌 여성들
이 스스로 강하게 세울 수 있는 길을 찾았다.

　그러던 중 서천여성농업인센터를 운영하게 되었고, 나는 지역의
여성 지도자들을 양성하기 위한 교육 체계를 만들어갔다. 유아 보
육부터 방과 후 교육, 여성농업인 역량 강화, 고충 상담과 복지사
업까지 '요람에서 무덤까지의 교육' 등을 목표로 프로그램을 설계
했다. 여성들이 배우고, 말하고, 스스로 결정하는 힘을 갖게 되면
서 그들의 삶은 놀랍도록 달라졌다. 경제적 독립은 여성에게 새로
운 자존감을 주었고, 그 변화는 곧 지역 공동체 전체의 변화로 이
어졌다. 동시에 우리 마을에서는 팜스테이 민박 사업을 시작했다.
또한 농장을 아름답게 가꾸었다. 꽃이 피면 벌과 나비가 날아오듯
사람들도 우리 마을을 찾기 시작했다. 이런 노력으로 농촌 환경을

관광과 접목하는 그린투어 사업의 선구자로 나서게 되었다.

이후 그린투어가 전국적으로 활성화되면서 우리의 작은 마을은 전국 농촌 마을에 새로운 도전이 되었다. 그 과정에서 눈물 나던 날도 있었고, 울분을 삼키며 포기하고 싶었던 순간도 많았다. 하지만 끝까지 인내하며 견디어냈다. 한 사람의 삶을 살리는 마음, '어디서든 도움이 되고 싶다.'라는 마음을 놓지 않았기 때문이었다. 나는 앞으로도 사람의 맛을 느끼게 해주는 사람이 되려 한다. 나로 인해 누군가가 이렇게 말한다면, "그 사람 덕분에 세상이 조금은 좋아졌어." 이것이 나의 사회공헌이다.

Q. 인생에서 어떤 방식으로
'사람을 잇는 삶'을 계속하고 싶은가요?

9. 1막 정리, 2막 희망 키워드

"인생 2막은 다시 시작할 용기를 가진
사람들에게 주어지는 또 하나의 무대다."

파올로 코엘료

희망의 발걸음

강수정

🖊 인생 1막을 돌아보면 그 시절의 삶이 계획과 여유보다는 버티고 견뎌내는 시간의 연속이었다. 거친 파도처럼 밀려오는 순간들 속에서 흔들렸지만, 그 과정이 결국 지금의 나를 만들었다는 것을 인정하게 되었다.

내 삶은 늘 예상치 못한 바람과 파도를 마주해야 했다. 아프고 힘든 순간마다 몸부림쳤고, 때로는 방향을 잃은 배처럼 표류하기도 했다. 그러나 그런 시간은 나에게 단단함을 주었고, 인생을 다시 바라볼 힘을 길러주었다. 바람이 멈추면 파도가 잦아들듯, 내 마음도 서서히 고요를 배워갔다.

어떤 날은 삶이 너무 벅차서 그저 버티는 것으로 하루를 채웠
다. 아픔을 잊기 위해 발버둥 쳤고, 상처를 품고도 다시 일어나려
애썼다. 그 과정은 복잡하고 고달팠지만, 그 모든 시간이 나에게
깊은 깨달음을 남겼다. 결국 인생 1막은 '나를 지키기 위한 몸부
림'이었고, '나라는 존재를 이해하기 위한 여정'이었다.

이제 나는 인생 1막을 고요히 내려놓으려 한다. 앞으로 펼쳐질
인생 2막은 더 이상 나만을 위한 시간이 아니라, 남을 위해 베풀
고, 사랑을 나누고, 더 넓은 마음으로 살아가는 삶이 되고자 한
다. 내가 겪어온 파도들은 이제 다른 사람의 삶을 비추는 빛이 될
것이며, 나는 그 빛으로 누군가의 길을 따뜻하게 밝혀 주고 싶다.
인생 1막은 나를 위한 시간이었다면, 인생 2막은 '우리'를 위한
인생이 될 것이다.

Q. 다음 인생 2막에서
새롭게 품고 싶은 일은 무엇인가요?

나는 인생 2막을 준비하며 새로운 삶을 시작하기 위해 가장 먼저 필요한 것은 마음을 다시 세우고, 두려움을 넘어 시작하는 용기이며, 스스로에게 매일 힘을 건네는 자기 격려가 필요하다는 것을 깨달았다. 지금까지의 관계와 경험들이 내 마음을 단단하게 만들었고, 이제 그 마음으로 새로운 여정을 시작하려 한다.

살면서 가족, 스승, 친구 등의 관계 속에서 배우고 자랐다. 가족에게서 헌신의 사랑을, 스승에게서 삶의 방향을, 친구에게서 이해의 중요함을 배웠다. 또한 장애로 마음의 건강이 얼마나 중요한지 깊이 알게 되었고, 다도와 공동체 활동을 통해 세상을 바라보는 눈도 넓어졌다.

내 인생 2막의 기준이 되는 세 가지 키워드는 '마음을 바로 세우고, 두려워도 한 걸음 내딛고, 매일 나 자신에게 용기를 주는 일'이다. 윤선생 영어 상담교사에서 쿠팡 교육팀장까지 이어진 직업의 여정, 다도·플로깅·주민자치·아파트 회의 등의 공동체 활동은 모두 '처음엔 두렵지만, 시작하면 길이 열린다'라는 사실을 알게 해주었다. 정치라는 새로운 영역도 마찬가지이다. 두려워도, 서툴러도, 시작한 사람만이 길을 만들어갈 수 있다고 믿는다.

인생 2막은 마음을 바로 세우고, 두려워도 한 걸음 내딛고, 매일 나 자신에게 용기를 주는 일에서 출발한다. 나는 앞으로도 다도와 플로깅 등의 사회공헌활동으로 사람들의 마음을 잇고, 지역을 따뜻하게 만드는 일에 참여하며, 내 삶의 배움과 사랑을 나눌 것이다. 나의 인생 2막 역시, 용기로 써 내려갈 새로운 이야기가 기대된다.

"

Q. 인생 2막에 쓸 새로운 이야기는 무엇인가요?

"

진한 향수를 위하여

김성미

우리는 무엇인가를 이루기 위해 멈추지 않고 달려간다. 나 역시 그 대열 한가운데에서 쉼 없이 달려왔다. 하지만 속도가 빠르지 않아서 자주 뒤처졌다. 그러다 보니 편하게 신을 수 있는 운동화 하나 준비하지 못한 채 숨 가쁜 나날을 보냈다. 이런 내가 요즈음 유난히 토요일이 기다려진다.

'한 뼘 성장 노트' 중장년 프로젝트에 참여한 후, 평행선 같은 나의 일상을 잠시 빠져나와 나를 바라볼 수 있는, 오롯한 '쉼의 시간'을 가질 수 있었기 때문이다. 도서관 한쪽에 앉아 노트북을 열고 주어진 주제에 맞게 한 꼭지, 한 꼭지씩 글을 쓰며, 눈물을 훔칠 때도 있었고, 가슴이 벅차오르는 순간을 마주했다. 그렇게 내 안의 이야기를 꺼내 보면서 일상의 작은 사건들, 의미 있는 사람들, 스쳐 지나간 인연들까지도 모두 내 삶을 만들어 준 소중한 존재임을 깨닫게 되었다.

10주 동안 내 나름의 인생 1막을 정리하고 나니 "그렇다면 인생 2막은 어떻게 살아가야 할까?"라는 질문을 하게 되었다. 첫째 아이를 낳을 때, 처음 겪는 죽을 듯한 고통 속에서 생명을 품었다. 둘째와 셋째를 낳을 때는 이미 그 고통이 어떤 것인지 알고 있었기에 더 두려웠지만, 호흡을 가다듬으며 준비할 수 있었다.

얼마 전, 서천 치유 숲 체험에서 향수 이야기를 들었다. 사람마다 체온과 수분, 피부에 따라 같은 향수라도 각기 다른 향으로 느껴진다고 했다. 향수는 피부라는 캔버스 위에서 새롭게 피어난단다. 그 이야기를 듣는 순간 내 향도 좋지만, 옆 사람의 향, 그 옆 사람의 향도 좋다는 것을 깨달았다.

이렇듯이 아마 인생 2막은 그런 시간일 것이다. 나의 향을 찾아가되, 다른 이의 향기를 존중하고 함께 어우러지는 삶. '한 뼘 성장 노트'는 소중함을 느끼는 데서 그치지 않고, 그 소중함을 실천으로 옮기는 것으로 내 인생 2막의 과제라는 것을. 그래서 오늘도 토요일이 기다려진다. 내 안의 향기를 더 진하게 느끼며, 새로운 나를 만나러 가는 그 시간이다.

인생 2막을 살아가는 방식이란 과거를 정리하고, 지금의 나를 온전히 받아들이며, 미래를 현재형으로 써 내려가는 용기라고 생각한다.

내 인생은 친정엄마의 따뜻한 사랑, 배움의 길에서 흘린 눈물, 나를 정의해온 수많은 역할, 함께 울고 웃어준 사람들, 삶의 방향을 밝혀 준 스승들로 채워졌다. 기쁘고 슬펐던 수많은 날도 돌아보면 모두 지나갔다. 기쁨도 슬픔도 영원하지 않고, 삶은 그렇게 흘러가며 나를 단단하게 빚어냈다. 그래서 이제 인생 1막을 정리하고, 2막의 문을 열려 하니 설렘과 두려움이 동시에 찾아온다. '실현할 수 있는 것으로만 써야 하나? 내 마음속에서 꿈틀거리는 것들을 그대로 적어도 될까?' 이런 망설임이 자꾸만 나를 붙잡는다. 이런 생각을 하던 찰나에 15년 전 '10년 후의 나'를 상상하며 썼던 글이 떠올랐다. 몇 년 뒤 다시 펼쳐보니, 그 글 거의가 실제로 이루어져 있었다. '현재형으로 미래를 기록하면 뇌가 이미 이루어진 현실로 받아들인다'라는 심리기법처럼 미래는 결국 내가 쓰는 방향으로 움직이고 있었다.

그래서 나는 다시, 미래를 현재형으로 기록한다.

첫째, 나는 삼 형제의 이야기와 내 삶에 함께하신 하나님의 이야기를 담아 나만의 자서전을 기록하고 있다. 가족이 한자리에 모여 함께하신 하나님을 나누는 기록을 남기고 있다.

둘째, 가장 오래하고 가장 잘할 수 있으며 가장 즐거운 일인 어린이집을 지금도 운영하며 원장으로서 끊임없이 성장하고 있다. 아이들이 사용하는 예쁜 언어와 웃음을 기록하여 나만의 전문 서적을 엮어내고, 학부모와 교사들에게 좋은 영향을 주고 있다.

셋째, 늘 곁에 있지만 외로운 한 사람, 남편을 진심으로 사랑한다. 빚과의 전쟁을 승리로 끝내고 경제적 자유를 회복한다. 선교 헌금을 보내고, 생활고로 지친 사람들에게 아낌없이 나누며 받은 사랑을 실천하는 부부가 되어 살고 있다.

넷째, 높은 산을 오르락내리락했던 삼 형제는 신앙의 계보를 이어받아 믿음의 가정을 세우고, 하나님 나라의 영광을 위해 살아가고 있다.

이렇게 글로 잇대어 써 내려가니 마음이 후련하고, 행복 호르몬이 흐르는 듯하다. 김 교수님은 "글을 쓰는 것은 상처 난 부위에 반창고를 붙이는 것과 같다."라고 말씀하셨다. 정말 그랬다. 글을 쓰며 내 상처를 어루만지고, 내 마음을 다독이며, 새로운 마음이 차올랐다.

오늘 인생 2막의 첫 페이지를 열었다. 이제 내 삶을 기록으로 남기고, 나눔으로 이어가는 사람이 되고자 한다. 누군가의 마음에 잔잔한 울림을 남기는 글, 그리고 나 자신을 회복시키는 글을 쓰며 다시 한번, 나의 두 번째 봄을 맞이하려 한다. 나처럼 인생 2막을 앞둔 누구라도 과거의 상처와 기쁨을 정리하고, 미래를 '현재형'으로 용기 있게 써보길 바란다.

Q. 두 번째 봄은 어떤 꽃을 피우고 싶은가요?

진짜 나를 찾는 여정

김여정

　　나는 김미옥 교수님을 만나 '책을 써보라.'라는 제안을 받은 적이 있다. 교수님은 "어렵지 않아요. 함께 해드릴게요."라고 따뜻하게 미소 지으셨지만, 그때의 나는 속으로 이렇게 중얼거렸다. '교수님은 이미 완성된 분이니까, 책 쓰는 게 쉬운 거겠죠'. 그 시절의 나는, 나 자신에게조차 자신감이 없었다. 그래도 말을 뱉어 보고 싶어서 둘째 딸에게 "엄마는 작가가 되고 싶어. 꼭 책을 쓸 거야."라고 말했다. 딸아이가 '풉!' 하고 웃었고, 나도 따라 웃고 말았다. 그 웃음 속에는 포기와 두려움, 그리고 작아진 내가 숨어 있었다.

　　그러던 어느 날, '한 뼘 성장 노트−인생 1막 회고록 쓰기 프로그램'을 소개받았다. 강사는 다름 아닌, 김미옥 교수님이었고, 결과물은 '책 출판'이었다. 그 순간에 나는 이상하게도 망설임이 없었다. '이번에는, 그냥 해보자.' 그 한마디가 내 안의 묵은 먼지를 털어내듯, 오래된 두려움을 몰아냈다. 나는 글을 배워본 적도, 작가가 될 수 있다고 믿어본 적도 없었다. '작가는 특별한 사람들만 하는 일'이라 생각했으니까. 하지만 이번엔 달랐다. 그저 써보기로 했다. 생각나는 대로, 마음 가는 대로, 내 안의 날 것 같은 이야기를 꺼내어 한 줄 한 줄 써 내려갔다. 남들은 한 문장에 몇 시간을 매달렸다지만 나는 마치 숙제하듯, 숨 가쁘게, 그러나 간절하게 써 내려갔다.

그렇게 완성된 여덟 꼭지를 다시 읽어보니, 정말 초등학생 일기처럼 솔직하고 엉성했다. 그런데 이상하게도 그 글들이 나를 울렸다. 그 안에, 오래 잊고 있던 '진짜 나'가 있었다. 삶은 거창한 한 편의 드라마가 아니라, 작은 순간들이 켜켜이 쌓여 만들어진 모자이크라는 것을 그때 깨달았다. 때로는 어두운 색이, 때로는 환한 빛이, 결국은 나라는 한 사람의 그림을 완성해 가고 있었다.

Q. 인생 1막을 글로 쓰고 나면,
어떤 변화를 만날 수 있을까요?

이제 나는, 인생 2막의 문턱 앞에 서 있다. 여전히 구몬 교사로 서의 길을 사랑하지만, 이제는 그 사랑을 조금 다른 방식으로 확장하고 싶은 욕심이 생겼다. 액션러닝 퍼실리테이터로, 비폭력 대화와 하브루타 그림책 강사로, 사람들의 마음과 마음을 이어주는 다리가 되어 가는 중이다.

언젠가, 공저가 아닌 오롯이 나의 이야기로 채워진 한 권의 책을 완성해 보고 싶은 꿈도 꾼다. 나는 간절하면 이루어진다는 사실을 이미 여러 번 경험으로 배웠다. 1막을 버텨낸 시간 속에서 나는 나를 단단히 길러냈으니까 이제 두렵지 않다. 그 시간은 내게, 실패가 아닌 뿌리 내림의 시간이었다.

10주 동안 함께한 선생님들의 삶의 이야기를 들으며, 이제는 내 인생의 귀한 재산이 되었다. 우리의 만남은 어색하고 서툴렀지만, 이번 만남이 단순한 스침이 아니라 내 삶을 환히 비추는 따뜻한 연결임을 감지했다.

언젠가 인생 3막쯤에 다다르면, 나는 아마도 그들의 이야기를 한 권의 책으로 쓰고 있을지도 모른다. 그때의 나는 지금보다 한 뼘 더 자라 있을 것이고, 조금 더 깊은 눈으로, 조금 더 다정한 마음으로 세상을 바라보고 있을 것이다. 그리고 그때도 나는, 여전히 배우고 있을 것이다. 삶은 완성되는 것이 아니라, 늘 다시 써 내려가는 이야기니까.

""

Q. 인생 2막의 문턱 앞에서, 자신에게 들려주고 싶은 이야기는 무엇인가요?

""

눈물 버튼

김연아

   얼떨결에 동참하게 된 이 공동체에서 나는 10주 동안 성찰 고문을 당했다. 인생을 돌아봐야 했고, 뒤엉킨 생각을 글로 표현해야 했고, 심지어 책으로 출간까지 해야 했다. 쓰린 인생을 마주하기에 괴로웠고, 후회와 반성으로 점철되는 감정들에서 의미를 찾기가 어려웠다. 게다가 그런 볼품없는 나를 누구나 들춰 보게끔 할 용기를 내는 것은 더욱 두려웠다. 그런데 나와는 대조적으로 이 공동체 성원들은 성찰을 즐기고 희망찬 내일을 그려나가는 듯 보였다. 과제가 무거운 것도 있었지만 심적 괴리감도 이 공동체 성원이 되기 버거운 이유의 하나였다.

요즘 나의 등짝에 눈물 버튼이 생겼다. 비밀이었다. 그런데 한 뼘 성장 6번째 시간에 마지못해 글을 써서 발표했는데 이 사람들이 그 버튼을 마구 눌러댔다. 등짝에 손을 대기만 한다고 눌러지는 것은 아닌데 눈물을 글썽이며 다독여 주는 손길이 그 버튼을 누른 것이다. 그러나 복받치는 눈물을 토했다고 해서 내가 변하지는 않았다. 공감을 받아 위로되었다고 사람이 쉽게 변하지는 않으니까 말이다.

다만 나는 그날 이후 이 공동체 성원들이 갖는 희망의 무게를 느낄 수 있었다. 그날 그들은 내가 차마 다 헤아리지 못하는 삶의 고독과 아픔을 지나왔음을 나를 바라보는 눈빛 속에 가득 담고 있었다. 이 공동체 성원들의 희망은 그저 낙천이라기보다는 낙관이라고 하는 것이 더 적합해 보였다. 낙관이라는 것은 현실적인 문제를 직시하면서도 해결 방안을 찾으려 노력하는 태도이다. 나는 그 태도를 배우고 싶은 마음이 들었다.

나는 몇 가지 주제에 대한 글을 쓸 수 있었는데 글솜씨가 부족하여 나에게 짙은 마음이 드리어진 주제에 관해서만 쓸 수 있었다. 미안하고 고마우면 나는 마음이 짙어진다. 어렵게 써 내려간 글들을 되짚어 보니 나는 가족과 세상에 진 빚들이 미안하고 고마워서 삶을 뉘우치는 일에 분주했다. 삶을 낙관할 여유가 없었던 것 같다. 삶이 정갈하고 완벽하게 살아지지 않는 건데 아마 속

죄라도 하면 지난 삶의 잘못이 씻길 수 있지 않을까 하는 기대였던 것 같다. 아마 아무것도 하기 싫어서 마음 모양새만 다듬고 있었을지도 모른다. 앞으로는 좀 더 실천적인 반성을 하기로 했다. 그 안에 희망이 있고 낙관이 생기지 않을까. 이 공동체 안에서 성찰을 즐기고 희망찬 내일을 꿈꿔본다.

Q. 당신을 성장시키는 선한 공동체는 무엇인가요?

인생 1막은 좀 망했다. 2막도 있다고 하는데, 진짜 있나? 이대로 살아가면 1막과 다를 바 없는데 2막이라고 간판을 걸어봐야 무슨 소용이람. 나는 인생 2막 설계라는 얘기 앞에 머릿속이 하얘졌다.

1막의 주인공과 환경이 바뀌지를 않았는데 2막을 올린들 역전극을 만들 수 있나. 로또 같은 외부적 변수가 생기지 않는 한 반전은 없다. 그렇다고 계속 이렇게 살기는 싫다. 요소들을 바꿀 수밖에 없겠다.

첫 번째, 주인공 캐릭터 변신.
부지런한 캐릭터로 변신해야겠다. 육아 덕분에 안정적인 생활의 루틴을 가지고 있지만 하루가 늘 허무하게 끝나는 것 같다. 삶의 목표를 정하고 작은 발걸음을 매일 딛는 노력이 필요할 것 같다.

두 번째, 환경 변신.
생활을 정돈해야겠다. 생활의 흐름을 내가 장악하지 못하고 늘 끌려다니고 있다. 언제 날아오는지 모르는 공과금들, 알지 못하는 차량, 컴퓨터, 태양광, 보일러와 같은 설비들, 늘 결산 못하는 수입과 지출들, 설계할 줄 모르는 보험들, 들어갈 때마다 모르는 인터넷 아이디와 비밀번호들, 집안을 어지럽히는 살림들은 내 정신도 어지럽히고 있다.

로또는 불가능하고 기회라는 변수는 내가 만들 수 있을 것 같다. 기회는 도전하는 자에게만 온다. 도전을 시작해 보자.

인생 2막에는 도전할 목표를 정하고, 목표에 매진할 수 있도록 생활을 정돈하고, 부지런한 걸음으로 기회를 만들어가자.

"

Q. 당신의 도전할 목표는 무엇인가요?

"

세 가지 키워드를 위하여

김영희

삶을 돌아본다는 건, 어쩌면 나 자신에게 편지를 쓰는 일일지도 모른다. 얼마 전 연수에서 '상대의 장점 탐구 인터뷰'라는 역할극을 실습한 적이 있었다. 사람은 누구나 인생의 고점과 저점을 경험하며 그 안에서 자신을 단련해 간다는 취지의 역할극이었다. 서로의 인생에서 어려움을 극복했던 순간과 그때의 기분, 노력, 그리고 앞으로의 꿈을 묻고 답하는 시간이었다. 내 인터뷰를 맡았던 동료는 내 이야기가 어쩜 그렇게 술술 나오냐며 신기해했다. 그 말을 듣고 생각한 것은 '한 뼘 성장 글쓰기'였고, 그 과정에서 나를 꾸준히 돌아보는 시간을 가졌기 때문이었다.

나는 글쓰기가 단순한 표현의 행위가 아니라, 삶을 정리하고 나를 성장시키는 과정이라고 생각한다. 글을 쓰는 동안, 잊고 있던 나의 시간이 하나씩 되살아나며 나를 이해하는 통로가 되어 주었다. 10회에 걸친 한 뼘 성장 글쓰기를 하면서, 나는 인생의 여러 장면을 찬찬히 되돌아볼 수 있었다. 친구, 가족, 건강, 배움, 부, 직업, 스승, 사회공헌 등 주제마다 삶의 한 조각이 펼쳐졌다. 글을 쓰다 보면 자연스레 묻게 된다. '나는 어떤 사람이었지? 무엇을 소중히 여겨왔을까?' 그 질문에 답하는 동안, 나는 단순히 과거를 떠올리는 것이 아니라 나의 마음과 태도를 발견했다. '참 열심히 살았구나, 기특하다, 그리고 고마운 사람들이 참 많았구나.' 등. 글 속의 나는 나 자신을 다정하게 다독이고 있었다.

돌아보면, 나의 삶은 결혼 이후 지금까지 끊임없는 배움과 도전의 연속이었다. 미숙했던 시절도 많았지만, 좋은 스승을 만나며 배우고 성장할 수 있었다. 뜻이 맞는 사람들과 함께 공부하고, 배운 것을 사회에 환원하며 보람을 느꼈다. 특히 평생학습을 통해 얻은 지식과 경험을 지역사회에 나누며, 배움이 나를 위한 것이 아니라 '우리'를 위한 것이 될 수 있음을 깨달았다. 이 모든 여정이 나의 인생 1막을 단단히 채워준 시간이었다.

이제 나는 안다. 글쓰기는 단순히 문장을 기록하는 일이 아니라, 내 삶을 다시 살아보는 일이라는 것을. 나를 돌아보는 글쓰기는 삶의 속도를 늦추고, 그 안에서 의미를 발견하게 해준다. 누구에게나 자신을 기록할 시간이 필요하다. 그 기록 속에서 우리는 자신이 얼마나 성장해 왔는지, 그리고 여전히 어떤 가능성을 품고 있는지를 보게 된다. 앞만 보고 달려왔던 시간 속에서, 이제는 잠시 멈춰 서서 나의 이야기를 써 내려가며 나를 이해하는 일, 그것이야말로 삶의 또 다른 배움이 아닐까. 오늘도 나는 한 줄의 글로 나를 이어가고, 그 속에서 조금 더 단단하고 따뜻한 내가 되어가는 중이다.

"

**Q. 지나온 시간을 정리하며
새롭게 알게 된 것은 무엇인가요?**

"

하루가 흘러갈 때마다, 나는 종종 나 자신에게 묻는다. '오늘의 나는 어제보다 조금 더 나아졌는가.' 이 질문은 단순한 자기 점검이 아니라, 내 삶을 기록하고 성찰하려는 마음의 습관이 되었다.

한 뼘 성장 플래너에 매일의 생각을 기록하고, 그날의 감정을 바라보는 일은 나를 객관적으로 돌아보는 귀한 시간이다. 어느 날은 힘들었던 일을 한 문장 기록하며 위로를 얻고, 어느 때는 소중한 기쁨을 되새기며 감사 기도를 한다. 매일의 기록은 곧 내 성장의 흔적이자, 미래의 나를 단단하게 세워주는 토대가 되고 있다. 이런 성찰 과정에서, 자연스럽게 '기여'에 대한 생각이 자라난다.

내 직업은 현재 심리상담사지만, 일하면서 NVC(비폭력대화)와 액션러닝 퍼실리테이션을 배웠고, 그 매력에 깊이 빠져있다. 이제는 그 배움들을 나만의 언어로 풀어내려고 준비 중이다. 나만의 콘텐츠를 만들어 세상과 나누는 일은 앞으로 내가 살아가며 실현하고 싶은 기여 방식이다. 누군가의 마음이 조금 더 편안해지고, 갈등이 평화롭게 해결되며, 사람들이 따뜻한 마음으로 서로 연결되는 일 안에서 내가 걸어온 길의 의미가 완성될 것이라 믿는다.

이를 위해 필라테스와 탁구는 꾸준한 취미로 가져갈 것이다. 이는 몸의 활력을 되찾고, 웃음을 주며, 인생의 온도를 높인다. 건강한 몸은 건강한 마음을 낳고, 건강한 마음은 따뜻한 관계를 만드는 것처럼, 일과 쉼, 그리고 나눔의 조화는 삶의 균형을 선물한다.

　미래의 나는 기록하고, 배움을 나누며, 즐거운 삶이 되도록 '오늘의 나는 어제보다 조금 더 나아졌는가.'를 꾸준히 질문할 것이다. 이 세 가지 키워드와 질문은 나를 지탱하는 기둥이자, 인생 2막의 시간을 향해 나아가는 나침반이 될 것이다. 이것이 내가 꿈꾸는 '두 번째 인생의 성장'이다.

**Q. 내일을 준비하기 위해
가장 우선해야 할 일은 무엇인가요?**

내 시작은 미약했지만

김주연

인생을 돌아본다는 건 단순히 과거를 되새기는 일이 아니다. 그건 내면의 창을 닦아, 앞으로의 길을 더 맑게 비추는 준비이다. 그래서 나는 오늘, 나의 인생 1막을 천천히 돌아본다.

어린 시절부터 지금까지의 여정은 수많은 눈물과 성장의 흔적으로 이어져 있다. 나는 부족한 환경 속에서도 행복을 꿈꿨고, 사랑을 믿었으며, 쓰러져도 다시 일어서려 했다. 그 모든 시간은 나를 단단하게 빚어낸 과정이었다.

만약 내 인생 1막을 한 장면으로 표현한다면, 알에서 막 깨어난 새 같다. 약한 부리로 껍질을 쪼며 세상 밖으로 나오기 위해 애쓰던 그 작은 생명처럼, 나 역시 미숙했지만 살아보려는 간절함으로 하루하루를 버텼다. 어린 나이에 결혼해 아이를 키우며, 때로는 사랑에 다치고, 때로는 외로움 속에서 울었다. 그러나 그 속에서도 나는 사랑의 진짜 의미를 배웠다. 사랑은 누군가에게 의지하는 마음이 아니라, 끝내 자신을 다시 일으켜 세우게 하는 내면의 힘이라는 것을. 그 시절 나를 버티게 한 건 '행복하고 싶다'라는 마음이었다. 그리고 그 행복의 이유는 아이들이다. 그들의 웃음은 나를 다시 삶으로 이끌었고, 무너질 듯한 순간마다 다시 일어서게 한 힘이었다. 지금 돌아보면, 그 모든 시간은 결핍이 아니라 성장의 시간이었다.

이제는 알겠다. 삶은 언제나 나를 향해 있었고, 그 모든 경험은 나를 단단하게 만들기 위한 과정이었다. 그래서 오늘의 나는 스스로에게 이렇게 말한다. "주연아, 정말 수고했어. 조금 느려도 괜찮고, 실수해도 괜찮아. 이제는 자신을 토닥이고 사랑해도 돼."

인생 1막에서 내가 붙잡고 싶은 건 포기하지 않았던 마음이다. 무너질 듯한 순간에도 다시 일어서려 했던 용기, 그 마음이 지금의 나를 만들었다. 이제 다가올 인생 2막에서는 나를 사랑하고, 나를 돌보며, 사랑하는 사람들과 따뜻한 온기를 나누는 삶을 살 것이다. 그리고 내가 살아 있는 한, 서로를 잇고 마음을 나누는 공동체의 길을 걸어갈 것이다. 오늘은 어제보다 더 나를 사랑

하자. 사랑으로 세상을 잇는 사람이 되자. 삶의 끝까지 따뜻함을
잃지 말자.

여덟 가지 주제로 삶을 돌아보는 시간은 흩어져 있던 내 인생의
조각들이 자연스레 하나로 이어지는 과정이었다. 가족과 관계, 배
움과 일, 건강과 나눔을 되새기며 나는 내가 얼마나 많이 버티
고, 배우고, 성장하며 살아왔는지 알게 되었다. 그동안의 삶이 전
혀 헛되지 않았고, 나는 충분히 잘 살아왔다는 작은 위로가 마음
에 스며들었다. 이 회고는 나를 다시 이해하게 했고, 앞으로의 인
생 2막을 어떻게 살아갈지 조용히 방향을 보여주었다. 이제 나는
나를 더 사랑하고, 사람들과 연결되며, 따뜻한 삶을 만들어가고
자 한다.

> **Q. 인생 2막은 어느 방향을 가리키나요?**

내 삶을 돌아보면, 관계가 나를 만들었다. 가족, 친구, 스승, 공동체 등은 누군가와 연결될 때 나는 살아 있음을 느꼈고, 그 연결 속에서 위로를 받고 성장했다. 앞으로의 인생 2막에서도 나는 사람들과 마음을 나누고, 서로를 이어주는 역할을 하고 싶다. NVC 공동체를 만들고 싶은 마음도 결국 연결을 향한 열망에서 나왔다.

내가 원하는 삶의 중심에는 언제나 '사람'이 있었다.

건강 이야기를 쓰며 가장 많이 느낀 것은 '나는 너무 오래 나를 돌보지 않고 살았다.'라는 사실이었다. 그리고 동시에 깨달았다. 나를 잘 돌봐야, 다른 사람을 더 따뜻하게 돌볼 수 있다는 것을. 앞으로의 2막에서는 누군가를 돕기 위해서라도 나 자신을 먼저 보살펴야 한다. 몸, 마음, 영혼을 잘 돌보는 삶 그것이 나에게 꼭 필요한 길이다.

8개의 주제 중 어느 하나를 보더라도 나는 늘 배우고, 깨닫고, 변화하며 살아왔다는 걸 알게 되었다. 삶이 얼마나 힘들었든, 나는 멈추지 않았다. 항상 다음 걸음을 내디뎠고, 새로운 나를 만나려고 노력했다. 앞으로도 나는 배우고, 자라고, 확장되는 삶을 살고 싶다. 그리고 그 성장은 나만의 성장이 아니라, 사람들과 함께 나누는 성장이고, 함께 커가는 성장일 것이다.

이 여덟 개의 글을 쓰면서 나는 과거를 다시 꿰매고, 현재를 따뜻하게 바라보며,

미래의 방향을 조용히 정하는 시간을 가졌다. 그 과정에서 발견한 세 가지 키워드

연결·돌봄·성장은 앞으로의 내 인생 2막을 이끌어 줄 나침반 같은 존재가 될 것이다.

나는 이제 이렇게 말할 수 있다. "나는 지난 시간을 충분히 잘 살아왔다. 이제 인생 2막, 다음 이야기는 나를 사랑하고, 사람을 잇고, 따뜻한 세상을 만드는 여정이 될 것이다."

Q. 과거의 친구와 더 가까이 지내려면
어떻게 해야 할까요?

지내온 삶, 다가올 삶

김진설

되돌아보면 아쉬운 것이 많은 것이 인생이다. 풀처럼 생겼다가 스러지는 생물의 한 부분이라면 별것도 아닌 것이 인생이지만 말이다. 수많은 별 중에 나 하나 있는데 휘이익 떨어지면 그것으로 끝이다. 장엄하게 산화하는 별의 그 순간이 찰나의 생 인간의 모습이기도 하다.

반면에 만물의 영장인 인간으로서 무엇을 하고 무엇을 얻었는지도 중요할 수가 있다. '호사유피 인사유명(虎死留皮 人死留名)'이라는 말이 있듯이 우리가 아니, 내가 떠난 다음에 어떤 이름을 남길 것인가를 한번 생각하는 것도 의미가 있다고 본다.

지난 삶을 다시 떠올리는 것은 생에 대한 반성이며 지금의 삶에 대한 확신이며 미래를 위한 다짐의 시간이다. 회갑을 맞으며 쓴 글이 있다.

'세상 풍파 헤치고 60년 산 사람의 말과 행동 그리고 생각이 웬만한 일에는 흔들리지 않아야 할 것이다. 60줄에 들어섰으니 어떤 유혹에도 흔들리지 않는 마음 밭을 가진 내면세계를 가꾸려 한다. 이제 다시 시작이다. 지금까지 살아준 내가 고맙다면 덤으로 사는 나머지 생은 가치 있는 나날로 채우고 싶다. 치달려 온 지난 세월, 감당하기 어려운 일도 많았다. 말 못 할 이야기들, 버리지 못하는 욕심과 내면의 생채기들을 잊고 싶다. 삶과 죽음에 대한 경외심을 갖고 조금 더 엄숙히 살고 싶다. 작고 하찮은 것도 허투루 보지 않는 가녀린 마음도 갖고 싶다. 시간의 노예가 되고 싶지 않다. 아등바등 바쁘게만 살아온 세월이 허무하게 느껴질 때가 있었다. 이루려고 하는 것들의 욕심에서 벗어나고 싶다. 갇힌 곳과 갇힌 시간 속에서 산, 지난 삶의 끝자리에서 내 삶을 살고 싶다.'

그렇다. 내 삶의 무게는, 내 삶의 가치는 스스로 만들고 헤쳐 나간 일의 결과다. '자업자득'이라는 말처럼 내가 만들고 살아온 삶의 결과물이다. 물론, 그 배경에는 수많은 사람과 각종 사건이나 일이 조연으로 등장한다. 앞으로도 그럴 것이다. 지금까지 그래왔던 것처럼 일상이 그렇다는 얘기다. 이쯤에서 나를 정리하고 나만의 세계를 설계하는 것도 나름의 의미가 있고, 그 시기가 빠

를수록 좋다고 본다. 아니, 늦었어도 상관이 없다. 그런 생각하지 않고 사는 분이 대부분이니까.

'한 뼘 성장' 프로젝트는 바로 우리를 되돌아보는 우리를 정화 淨化시키는 촉매제가 되었다. 앞으로의 삶이 어디까지일지 모르지만 다시 한번 도약하는 변곡점이나 되돌아봄이 필요할 때이다.

"

Q. 이월가치移越價値가 있는 삶을 위해
내가 할 수 있는 것이 무엇인가,
거듭 물을 수 있는 에너지는 무엇인가요?

"

10주의 되새김

라지은

✎ 10주 동안 이어진 '한 뼘 성장' 인문학 수업은 내게 단순한 글쓰기 시간이 아니었다. 매주 주어진 주제로 내 삶의 한 조각을 돌아보고, 그 조각들을 정리해 하나의 '인생 1막'으로 묶어내는 과정은 생각보다 훨씬 큰 의미를 남겼다. 무엇보다, 지금의 내가 어떤 이유로 이 자리에 서 있는지를 처음으로 또렷하게 바라볼 수 있었던 시간이었다.

그동안 나는 나름대로 열심히 살았다고 생각했지만, 정작 나 자신을 깊이 들여다보는 일에는 서툴렀다. '한 뼘 성장' 수업에서 글을 써 내려가며 느낀 것은, 지금의 내 모습은 결코 우연히 이루어진 것이 아니라는 사실이다. 내가 걸어온 길, 내가 선택했던 순간들, 그 안에서 갖게 된 마음가짐과 습관, 관계와 경험들이 모두 쌓이고 더해져 지금의 나를 만들었다는 것을 깨닫게 되었다. 나의 인생 1막을 차근차근 정리한다는 것은 마치 오래된 방을 천천히 정돈하는 것 같았다. 필요 없는 짐들은 내려놓고, 놓치고 지나쳤던 기억은 다시 꺼내어 의미를 되새겼다. 그렇게 삶을 되짚다 보니, 내가 어떤 성향으로 살아왔는지, 무엇을 중요하게 여기며 살았는지, 그리고 왜 지금 이 지점에 서 있는지 자연스럽게 이해할 수 있었다. 글을 쓰는 동안 마음속에서 어딘가 흐릿하게 떠다니던 생각들이 하나둘 자리를 찾는 느낌이었다.

이 과정을 통해 나는 또 하나의 중요한 사실을 깨달았다. 내가 앞으로 만들어갈 인생의 제2막은, 인생 1막의 정리 없이는 결코 세워질 수 없다는 것이다. 나를 이루고 있는 과거를 정확히 알고 나니, 앞으로 어떤 모습으로 살아가고 싶은지, 어떤 기준을 세우고 어떤 지향점을 가져야 하는지 조금 더 뚜렷해졌다. 이제는 하루하루를 그냥 흘려보내는 것이 아니라, 작더라도 분명한 목표를 가지고 살아보고 싶다는 마음이 자연스럽게 생기고 있다.

이 10주간의 경험에 감사하고 나를 이끌어 주신 '김미옥 교수님'께 더욱 감사드린다. 나를 이해하고 다시 세우는 데 꼭 필요했던 소중한 시간이었음을 마음 깊이 느낀다. 앞으로의 나를 위해,

그리고 더 나답게 살아가기 위해, 이 수업의 배움을 오래오래 기억할 것이다.

"

Q. 당신을 정리하는 시간을 가지려면 언제가 좋을까요?

"

문장으로 만나고,
인문학으로 연주하기

방경선

드라마를 보며 자서전을 써보고 싶다는 생각을 여러 번 했다. 그러나 막상 손을 대려니 너무 거창하게 느껴졌고, 내가 감히 시작할 수 있을까 하는 막막함이 마음을 가득 채웠다. 그렇게 마음 한구석에 '하고 싶음'만 남긴 채 시간을 흘러보냈다.

그러다 김미옥 교수님의 '한 뼘 성장 노트' 수업을 만나면서, 내 안의 작은 불씨가 살아났다. 처음엔 수업을 따라가기에 바빴고, 글을 쓰는 일이 낯설고 어렵게 느껴졌다. 매주 주어지는 질문과 주제 앞에서 내 삶을 되돌아보는 시간이 이어졌고, 그동안 잊고 지냈던 나의 이야기들이 하나둘 떠올랐다. 가족, 친구, 직업, 배움, 나의 존재까지. 글을 쓰며 나는 '나'라는 사람을 처음부터 새롭게 읽어가게 되었다.

글을 쓰다 보니 내 삶의 잔잔함이 그대로 느껴졌다. 마음 깊은 곳의 이야기가 활자로 표현되었을 때. '이게 바로 글의 힘이구나.'라고 깨달았다. 글을 쓰는 동안 스트레스도 있었지만, 쓰고 나면 신기하게 마음이 부요해졌다. 내 생각이 문장으로 정리되면서 조금씩 풀렸고, 혼자만의 세상에 머물던 내 마음이 누군가와 연결되는 기분이었다.

이제 글쓰기는 나의 새로운 습관이 되었다. '누군가에게 보여주기 위한 글'이 아니라, '나를 만나는 글'을 쓰게 되었다. 10주 동안의 여정은 단순한 글쓰기 훈련이 아니라 '내면을 정리하고 나를 성장시키는 과정'이었다. 처음엔 막막했지만, 성장은 거창한 변화가 아니라, 매일 조금씩 마음을 써 내려가는 용기에서 시작됨을 알게 되었다.

Q. 이제 당신이 새롭게 써 내려가고 싶은
'다음 장(章)'은 무엇인가요?

반평생을 피아노만 치며 살아왔다. 내 인생의 대부분은 건반 위에서 흘러갔다. 그러다 문득 이런 생각이 들었다. '나는 피아노 말고는 아무것도 할 줄 아는 게 없구나.'라고. 그 마음속에는 자신감보다는 공허함이 더 크게 자리하고 있었다. 삶이 익숙해질수록, '나'라는 사람은 점점 좁은 공간 안에 갇혀버린 듯했다.

그러던 어느 날, 인문학을 만났다. 처음엔 그저 새로운 배움의 한 가지로 생각했지만, 공부하면 할수록 내 안의 또 다른 세상이 열렸다. 음악이 내 감정을 울리는 언어였다면, 인문학은 내 생각을 일으켜 세우는 거울이었다. 나는 '피아노를 잘 친다는 건 손끝의 기술만이 아니라, 사람의 마음을 읽는 일'이라는 것을 깨달았다.

그 깨달음 이후, 내가 살아온 음악과 인문학, 동화 감정코칭이라는 세계를 연결하려 한다. 피아노 트리오로 무대에 오르며, 청소년과 노년을 대상으로 감정코칭을 계획해 보았다. 음악을 들으며 자신의 감정을 표현하지 못하던 이들이 조금씩 미소 짓고, 마음을 나누는 모습을 상상할 때면 '아, 내가 해야 할 일이 바로 이거구나.'라고 뭔가 다짐을 하게 된다. 그 마음이 내 안에서 다시 음악처럼 흘렀다. 이제 나의 연주는 악보 위의 선율을 넘어, 사람의 마음을 어루만지는 새로운 '인생 음악'이 되려 한다.

이제 나는 내 삶의 무대 위에서 다시 연주를 시작하려 한다. 인문학과 음악이 만나 삶을 이해하고 마음을 치유하는 따뜻한 선율이 되어 흐르길 바란다. 피아노로 사람의 마음을 만지고, 인문학으로 그 마음에 이름을 붙여주는 일이 나의 두 번째 인생, 나의 인생 음악이 될 것이다.

키워드 피아노, 감정코칭, 인문학

Q. 당신에게
'다시 시작할 힘'을 주는 것은 무엇인가요?

멈춤, 그리고 다시 피어남

최애순

인생은 '다시 피는 꽃'이다. 한 번 지고 꺾였던 꽃이라도, 봄이 오면 다시 피어나는 것처럼 삶도 언제든 새롭게 시작될 수 있기 때문이다. 삶을 돌아보면, 그것은 흙과도 같다. 흙은 변명하지 않고, 주어진 생명을 있는 그대로 품어낸다. 콩을 심으면 콩이 나고, 정직하게 뿌린 대로 거두는 것이 흙의 법칙이다. 삶 또한 이와 다르지 않다. 정직하고 담백한 마음이 결국 삶을 건강하게 한다. 그러나 흙이 오염되면 생명이 병들 듯, 욕심과 두려움으로 자신을 오염시키면 인간의 마음도 병든다. 그럴 때 필요한 것은 복잡한 치료가 아니라, 처음의 마음으로 돌아가는 일이다.

인생 1막의 그림자를 따라가 보면, 추운 날 개울가에서 빨래하던 엄마의 손, 함께 웃고 울던 친구와 스승님, 노란 전구 불빛 아래서 문제를 풀던 어린 나, 그리고 콘크리트 바닥 위에서도 배움을 멈추지 않았던 지난날의 내가 있다. 그 모든 순간이 고단했지만, 그 고단함이 오늘의 나를 세웠다. 한숨과 기쁨이 교차하던 시간이 내 인생의 거름이 되어, 나는 한 뼘씩, 또 한 뼘씩 성장할 수 있었다. 이제 인생 1막을 마무리하고 2막의 문을 연다. 이 여정에는 세 가지 단어 '생명, 치유, 나눔'이 있다. 이 세 가지 단어는 사람이 다시 피어날 수 있도록, 자연스럽게 물꼬를 터 줄 것이다.

자연은 우리를 스스로 치유케 한다. 배움도 혼자 간직하면 썩고, 함께 나누면 다시 피어날 것이다. 더디더라도 서로 손을 잡고 일어서는 일이 나의 '나눔'이고 '치유의 실천'이다. 나에게 '한 뼘 성장 노트'의 시간은 단순한 배움이 아니라, 삶을 자연스럽게 볼 수 있는 통찰의 여정이었다. 나의 인생 2막의 무대가 기대된다.

**Q. 인생 2막을 꽃피우려면
당장 무엇을 해야 하는가요?**

에필로그

중장년이라는 이름으로 불리는 시간은 어쩌면 인생의 가장 깊고 조용한 강이다. 흐르면서도 흔히 드러나지 않고, 잔잔해 보이지만 그 아래에는 잊힌 감정과 오래된 이야기들이 켜켜이 쌓여 있기 때문이다. 우리가 이 프로그램을 함께 시작한 이유는 바로 그 강의 흐름을 다시 들여다보고, 그 안에 자기의 목소리를 되찾기 위해서였다. 한 뼘 성장 노트는 그동안 말하지 못했던 마음을 꺼내 보는 창이 되었고, 미뤄두었던 꿈과 상처, 사랑과 책임을 다시 바라보게 하는 작은 등불이 되어 주었다.

이 책은 (재)서천문화관광재단에서 지원한 중장년 인문 프로그램 사업으로, 십여 명이 참여했으며, 인생 1막을 돌아보고 인생 2막을 그려보도록 했다. 참여자는 '강수정, 김성미, 김여정, 김연아, 김영희, 김주연, 김진설, 라지은, 방경선, 최애순'이다. 우리는 여덟 개의 주제로 자신의 이야기를 적으며 오래전의 자기를 불러냈고, 다른 사람의 글을 읽으며 서로의 삶을 더 깊이 이해하게 되었다. 그 만남은 조용했지만 강렬했고, 서툴렀지만 진심이었다. 중장년의 삶은 어느 날 갑자기 새로워지는 것이 아니라 작은 용기를 모으는 일의 반복이라는 것을 우리는 글을 통해 배웠다. 한 줄의 기록, 한 번의 성찰, 한 번의 나눔이 쌓이며, 우리 각자의 이야기는 조금씩 빛을 찾기 시작했다. 이 프로그램은 여기서 끝나지만, 우리의 성장은 계속 이어지고 있다.

앞으로도 우리는 자신에게 조용히 질문을 던질 것이다.

'가족은 나에게 어떤 의미인가?'
'배움의 여정은 나의 성장과 어떤 연관성이 있는가?'
'직업은 나를 어떻게 정의하고 있는가?'
'진정한 동료는 누구인가?'
'바른길로 인도한 스승은 누구인가?'
'내가 가진 자산은 무엇인가?'
'몸과 마음의 건강은 우리를 어떻게 변화시키는가?'
'사회공헌활동을 연결하고 나눔을 실천하려면 무엇을 해야 하는가?'
'오늘의 나는 무엇을 삶의 중심에 두고 있는가?'

중장년 인문 프로그램 한 뼘 성장 노트는 여덟 개의 주제와 질문으로 우리를 연결했다. 우리는 더 이상 혼자가 아니고, 그냥 지나쳐가는 인생의 관찰자도 아님을 확인시켰다. 서로의 이야기를 들어주고, 지지해 주고, 때로는 함께 울고 웃으며, 중장년이라는 시간을 새롭게 다시 쓰는 동료가 되었다. 이 글을 끝까지 읽어준 당신에게 고마운 마음을 전한다. 당신의 다음 장도, 당신의 다음 계절도 천천히 그러나 꾸준히 한 뼘씩 자라기를 진심으로 바라며, 우리가 함께 만든 이 작은 기록이 당신 삶에도 작은 힘이 되기를 응원한다.

한 뼘 성장노트 중장년 인문 프로그램 지도교수 김미옥

10. 부록

차수별 주제와 성찰, 활동 사진

차수별 주제와 성찰

1일 차

2일 차

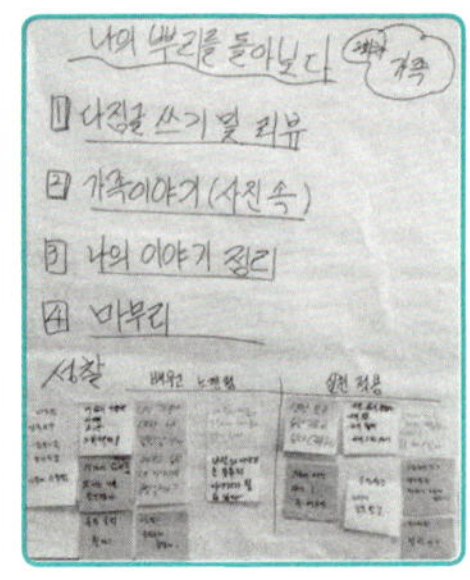

3일 차

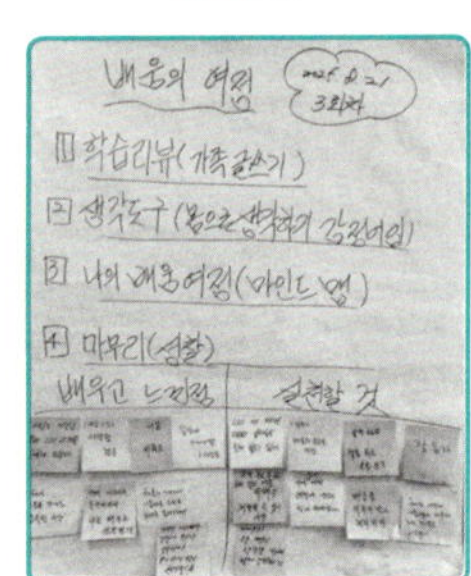

4일 차

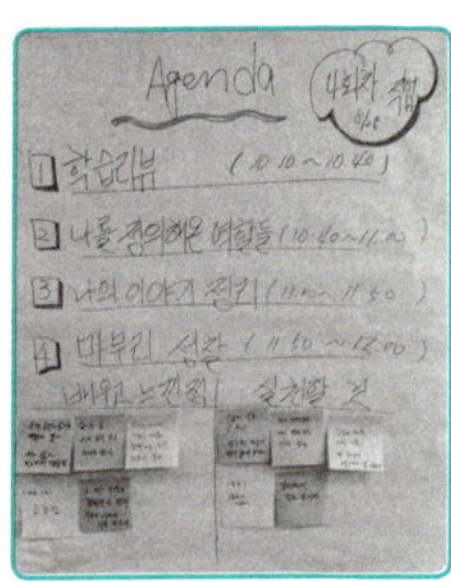

5일 차

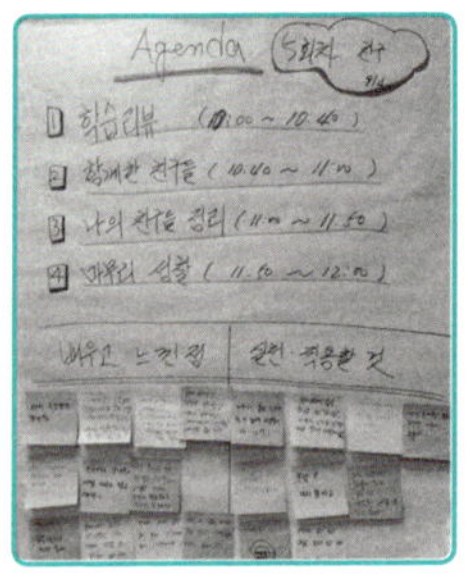

6일 차

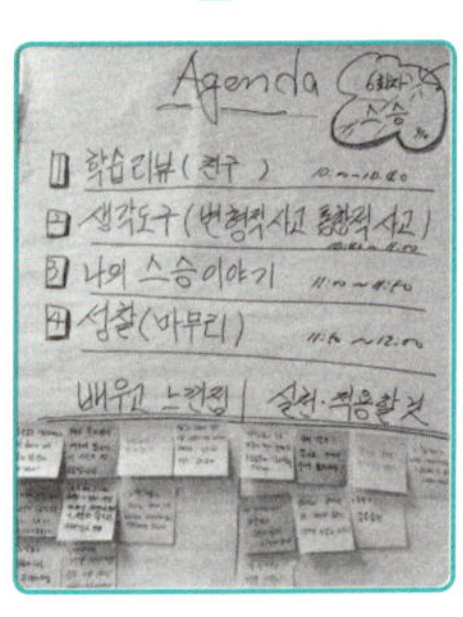

6일 차

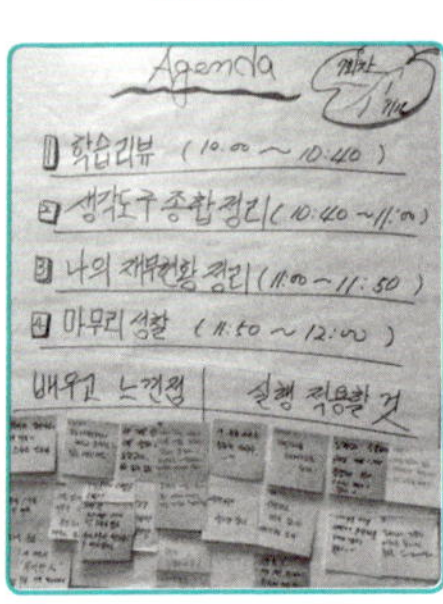

8일 차

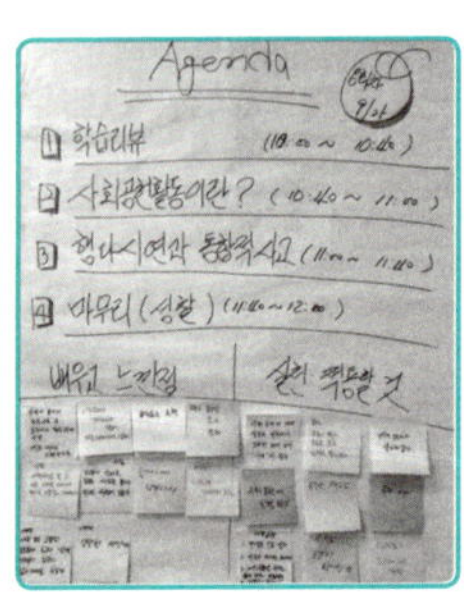

9일 차

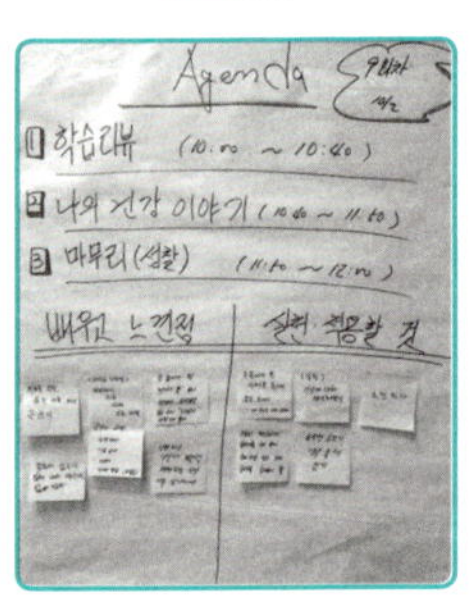

활동 사진